Copyright © 2022 Ler Editorial

Texto de acordo com as normas do novo acordo ortográfico da língua portuguesa (Decreto Legislativo Nº54 de 1995).

Todos os direitos reservados. Proibida a reprodução total ou parcial, de qualquer forma ou por qualquer meio, mecânico ou eletrônico, incluindo fotocópia e gravação, sem a expressa permissão da editora.

Editora – Catia Mourão
Capa – Joice Dias
Diagramação – Catia Mourão
Revisão – Halice FRS

Catalogação na publicação
Elaborada por Bibliotecária Janaina Ramos – CRB-8/9166

I24a

    Igrejas, Adriana
        Amigo apaixonado: e outras canções / Adriana Igrejas. – Rio de Janeiro: Ler Editorial, 2022.
        180 p.; 14 X 21 cm

        ISBN 978-65-86154-79-5

    1. Romance. 2. Ficção. 3. Literatura brasileira. I. Igrejas, Adriana. II. Título.

CDD: 869.93

Índice para catálogo sistemático
I. Romance: Literatura brasileira: Ficção

Foi feito o depósito legal.
Direitos de edição:

Ler Editorial

Amigo Apaixonado
e outras canções

O romance que presta uma homenagem à música
sertaneja (romântica) brasileira

ADRIANA IGREJAS

1ª edição
Rio de Janeiro – Brasil

Sumário

005	DEDICATÓRIA
006	PLAYLIST
007	NOTA DA AUTORA
009	CAPÍTULO 1
017	CAPÍTULO 2
023	CAPÍTULO 3
032	CAPÍTULO 4
035	CAPÍTULO 5
041	CAPÍTULO 6
049	CAPÍTULO 7
053	CAPÍTULO 8
070	CAPÍTULO 9
085	CAPÍTULO 10
093	CAPÍTULO 11
106	CAPÍTULO 12
119	CAPÍTULO 13
131	CAPÍTULO 14
141	CAPÍTULO 15
153	CAPÍTULO 16
162	CAPÍTULO 17
176	EPÍLOGO
180	NOTAS FINAIS

À cidade de Mesquita, que tem sido
meu lar desde 1985 e à música sertaneja,
que inspirou este livro.

Playlist

Nota da autora

A IDEIA PARA ESTE LIVRO surgiu de uma historinha bem clichê de melhores amigos que se apaixonam que brotou em minha mente a partir do título da canção que deu nome ao livro: "Amigo Apaixonado". Na época em que ela era um hit, eu fiquei fascinada pelo ritmo e melodia e a ouvia sem parar. Foi nessa mesma época que redescobri a música sertaneja, através das novas duplas e cantores que estavam surgindo e repaginando a antiga música caipira com o rótulo de sertanejo universitário.

Sem gostar de tudo, mas curtindo muitas dessas canções, apaixonei-me pela música sertaneja novamente, em outro nível. Eu sempre gostei daquele sertanejo raiz, influência de meu saudoso pai, um homem que saiu do campo, mas que era um caipira em essência. Por um tempo, estive afastada do ritmo, julgando tudo meio brega. No entanto, a nova leva de cantores com vozes mais graves e composições poéticas me ganhou.

É verdade que o Sertanejo tem sido muito discriminado, chamado de música de corno, brega, etc e é direito do leitor não gostar. No entanto, o sertanejo tanto pode falar de amor, com suas letras melosas e simples, quanto cantar a terra, os bichos, as plantações e a vida do campo. E seja por mexer com nossas origens, uma saudade de uma vida pacata que a gente da cidade nunca levou ou pela herança rural de nosso país, ou porque sempre tem na família alguém que veio do interior, o fato é que ao ouvir uma música sertaneja, a gente sente o gostinho da terra, das nossas raízes, um orgulho meio caboclo, meio caipira de ser brasileiro, porque o Brasil também é isso.

Mesmo morando na cidade a vida inteira, afirmando ser roqueiro e moderno, quem nunca se pegou cantarolando um trecho de uma música sertaneja, seja "É o amor", "Pense em mim", "Amanheceu, peguei a viola, botei na sacola e fui viajar", ou " Toda vez que eu viajava pela estrada de Ouro Fino, ou mesmo sem ser católico já cantou "Sou caipira, pira, pora, nossa Senhora de Aparecida...", ou "Pinga ni mim"... ?

Então, eu arrisquei e decidi que cada capítulo teria como título uma música do gênero. Selecionei, claro, as que se encaixavam no contexto, mas também as que me eram caras. Muitas mais eu gostaria de ter mencionado, assim como outros tantos artistas incríveis, mas o livro tem um número limitado de capítulos. Então me perdoem os artistas que não entraram na playlist do livro!

Por outro lado, além da brasilidade de nossa música, quis dedicar também uma autenticidade de cenário brasileiro. A ideia original era que a história se passasse no interior. Mas pensei: "Ora, ouvimos música sertaneja na cidade também! E por que não na minha cidade?" Sempre defendi que histórias de amor não precisam de cenário glamoroso e podem acontecer, sim, na Baixada Fluminense. Por que não? A minha história pessoal de amor feliz, completando 34 anos em 2022 teve origem num encontro na estação de trem de Mesquita.

Então, sim, meus personagens seriam pessoas bem comuns, moradores do bairro vizinho ao meu e, tão reais, que as fiz esbarrar em pessoas reais da cidade. Espero que gostem da mistura e, se você é morador de Mesquita, vai se sentir em casa. Se não for, também, porque minha cidade é uma cidade brasileira, um microcosmo da cultura que une todos nós.

Átomos[1]

Do universo eu sou uma partícula, particular
Semente que a terra aquece pronta para germinar
(...)
E tenho a essência da paixão gravada em meu DNA
Sou um pássaro que voa procurando seu olhar
Querendo um lugar pra viver

Setembro de 2006...

    Benjamin estava no jardim da frente da casa. Todo sujo de terra, ele brincava sozinho, porém animado, por causa de um túnel que cavara com as mãos, mas que em sua imaginação havia sido com sua retroescavadeira (um brinquedo de plástico que imitava um real). Tencionava fazer passar pelo túnel todos os seus carrinhos já enfileirados e prontos. Esperava que sua mãe não brigasse muito por ele ter estragado a grama naquele pedaço do quintal. Foi quando escutou um barulho de algo relativamente pesado caindo no canteiro de rosas de sua mãe.
    Ao baque seguiu um gritinho abafado. Ele estreitou a vista, assustado, e levou alguns segundos para entender que "aquilo" era uma menina e não o gato da vizinha, como ele supusera inicialmente. Ela devia ter se machucado na queda do muro, que tinha um metro e meio. A garota se levantou e sacudiu a terra do short e da camiseta. Ela olhou para ele e ele viu que

---

[1] ZEZÉ DI CAMARGO & LUCIANO (compositor: César Augusto, Claudio Noam, Neto Abdala). In: **Zezé Di Camargo e Luciano**. Columbia Records, Sony BMG, 2005. CD.

ela parecia bem mais machucada que aquela queda amortecida por uma terra fofa ou que os espinhos das rosas poderiam ter-lhe causado. A menina olhou para ele, assustada, e levou o indicador aos lábios no sinal universal que pedia silêncio.

Ela saiu da área da roseira e se sentou de costas para o muro, encolhida, abraçando as pernas com as mãos e parecia tremer um pouco. Foi então que Benjamin escutou uns gritos graves. A voz enfurecida de um homem bradava.

— Marta! Volte aqui, sua peste! Seu pedaço de trapo inútil! Eu vou acabar com a sua raça!

Os gritos aumentavam e diminuíam conforme, concluía-se, o homem estava mais ou menos próximo do local. Por fim, ele pareceu se cansar e não se ouvia mais nada. Benjamin já havia se esquecido do projeto do túnel e até perdido o interesse pela futura arquitetura de uma ponte. Aquela figura miúda e reticente parecia atraí-lo e, sem perceber, ele foi engatinhando até ela. Parou sentado no chão, bem próximo, e observou melhor a menina. Achou-a bonitinha, mas um pouco magra, suja, embora ele naquele momento não pudesse exatamente julgar, já que seu estado também não era dos melhores. Entretanto, ela tinha manchas avermelhadas pelo corpo, a boca estava cortada, o olho roxo. Pensou em uma boneca quebrada...

— Por favor, deixa eu me esconder aqui — pediu a menina num fiapo de voz.

Ele não sabia bem o que ia dizer. Seu primeiro pensamento deveria ter sido de questioná-la, afinal ela era uma invasora. No entanto, isso não passou realmente por sua cabeça. Ele nem sabia bem o que estava ocorrendo, só sabia que algo estava sobrevindo, não só com aquela menina ali apavorada que parecia estar se escondendo de alguém, mas algo estava acontecendo com *ele*, com sua vida, *definitivamente*. Sentiu um aperto no peito e uma emoção forte com que seus onze anos de idade não conseguiam atinar, como se todos os átomos de seu corpo estivessem reagindo. Ele apenas balançou a cabeça concordando com ela.

— Você está machucada... — Era uma constatação do óbvio, mas também o início de uma conversa.

— Eu posso me esconder hoje aqui?

— Aqui no jardim?

— É, ou se tiver outro lugar mais escondido...

— Você está se escondendo de quem?
— Do meu pai.
— Ah!
Havia um conflito nele. Benjamin havia sido educado para obedecer e respeitar seus pais. Isso incluía dar satisfações, não mentir. Se a menina se escondia do pai, estava mentindo. Ele não devia ajudar numa coisa assim...
— Ele me bateu muito. Tá bêbado. Quando tá assim, não posso ficar em casa. Se eu ficar, ele me bate muito.
— Por quê? O que você fez?
Na cabeça do menino, pai e mãe não batiam ou puniam à toa. Ela devia merecer. Mas olhou para as marcas profundas e o filete de sangue que corria do canto da boca da garota e não pôde imaginar um pai que fizesse aquilo, por mais bagunceira que fosse a criança. Contudo, ele não estava preparado para a resposta dela.
— Eu nasci.
A tristeza naquele sintagma foi tão lancinante, que ele derramou uma lágrima.
— É o álcool. Ele não raciocina bem quando tá assim. Fica com raiva de tudo e eu sou o saco de pancadas dele.
— E a sua mãe? — perguntou num fio de esperança por aquela menina. Sentia já pena e algo mais. Ela era tão miúda e menor que ele...
— Minha mãe foi embora. Ela faz isso às vezes. Ela não aguenta com ele e some.
— E deixa você sozinha? Ela te abandonou?
— Não. É porque ele bate nela também. Aí ela dá um tempo, vai para a casa de uma amiga... Depois volta.
— Mas ela deixa você?
Ele era puro aturdimento. Estava chocado. Nunca em sua vida parara para pensar que uma mãe pudesse abandonar uma filha, muito menos na mão de um pai violento e sem limites.
— Você pode me esconder dentro da sua casa? Tenho medo de ele passar e escutar a gente... Ou passar ali na frente do seu portão e me ver.
Benjamin não sabia o que fazer. Ele estava sozinho em casa. A mãe tinha ido ao mercado e o pai estava na loja. Ele já ficava sozinho em casa desde os dez anos por curtos períodos de tempo. Mas daí a tomar decisões como aquela... Levar uma menina estranha para dentro de casa... Não! Salvar uma

menina! Pensou nos filmes de heróis e de fuzileiros americanos que tanto amava. Um herói não deixaria uma mulher em apuros sozinha. Tomou a decisão de ser o herói. Levantou-se e estendeu a mão para a menina. Queria agir como um cavalheiro e como um cavaleiro andante.

— Vem. Vou te esconder.

Ela lhe deu a mão e ambos tiveram uma sensação estranha, olhando sérios um para o outro. Aquilo seria o início de algo que mudaria suas vidas.

Levou-a para o seu quarto. Logo que ela entrou lá, ele notou o olhar de admiração que ela lançou às paredes com pôsteres e estantes cheias de miniaturas, carrinhos e *"action figures"*, os bonecos de ação. Ela pareceu deslumbrada com o videogame de última geração, com a tevê e com o computador.

— Puxa! Você tem seu próprio computador!

Ele ia perguntar "E você não?", mas logo entendeu que evidentemente ela era bem pobre e provavelmente não tinha quase nada daquilo.

— E você gosta de soldado, hein! — concluiu por causa dos pôsteres que ele tinha de fuzileiros e homens de uniforme. Ele realmente tinha um fascínio por militares e era seu sonho desde novo fazer carreira nas forças armadas.

— Qual o seu nome? — perguntou, embora houvesse escutado a voz irritada dizer "Marta".

— Marta. E o seu?

— Benjamin.

— O quê? — Ela pareceu assustada e se encolheu toda.

— Benjamin.

— Olha só, é melhor eu ir embora... — Ela parecia com medo e ele não entendeu por quê. Anos mais tarde, ela lhe diria que havia entendido que ele lhe estava pedindo um beijo: "beija a mim".

— Só porque achou meu nome estranho? Pode me chamar de Ben. Se soubesse o meu segundo nome então... Eu me chamo Benjamin Franklin. Meu pai me deu esse nome porque disse que teve um cara com esse nome que foi um grande homem, sabe?

— Seu nome é Benjamin? — Ela queria confirmar, mas já suspirava aliviada.

Tinha pavor de meninos que tentavam agarrá-la.

— É.

— É um nome bonito — afirmou, sorrindo pela primeira vez.

E Benjamin sorriu de volta. Logo ele concluiu que ela precisava tomar um banho e passar algo para desinfetar os machucados, como sua mãe fazia com ele quando ele era menor e se machucava. Emprestou-lhe uma camiseta limpa que ficaria um vestido nela e a mandou tomar um banho. Ele próprio tomou seu banho logo depois. Se sua mãe chegasse e o encontrasse sujo de terra, com certeza, ele levaria uma bronca.

Suspirou aliviado quando viu que deu tempo para tudo antes de qualquer adulto chegar. Ela estava deitada dormindo em sua cama quando ele saiu do banho. Fugir e se esconder devia ser cansativo.

Quando escutou música na sala, soube que sua mãe havia chegado. A primeira coisa que ela fazia ao chegar era ligar o rádio ou colocar um CD. Logo identificou como sendo um dos CDs que sua tia costumava enviar. A irmã de sua mãe morava no interior de Minas Gerais e era grande fã de música sertaneja. Costumava comprar os CDs que gostava aos pares, sempre enviando um para a irmã, dizendo que elas precisavam ouvir as mesmas músicas, para estarem conectadas através de suas paixões musicais.

O menino não sabia muito bem o que aquilo queria dizer, só entendia que era uma coisa entre irmãs, que respeitava e admirava, já que deplorava ser filho único. Benjamin não tinha até aquele dia prestado muita atenção às letras, só reconhecia algumas melodias. Ele não se ligava muito em música, ainda era criança e o apelo musical normalmente é mais forte na adolescência. Além disso, influenciado pelos colegas de escola que diziam que sertanejo era um ritmo brega, criara uma predisposição a não gostar.

A música deu o alarme de que a mãe estava em casa e ele logo se precipitou para fora do quarto para evitar que dona Elza fosse até lá e topasse com a menina. Eles se abraçaram e a mãe depositou um beijo carinhoso sobre sua cabeça. Cantarolando com a melodia, ela começou a guardar os produtos. Ele ajudou colocando as coisas no banheiro. Parou ineditamente tocado com a canção seguinte, que anos mais tarde, ele saberia se chamar "Átomos", da dupla Zezé Di Camargo e Luciano.

O pequeno Benjamin não entendeu realmente a letra, todavia, percebeu sua sonoridade e pensou que aquilo era o que sua professora de português chamava de poesia. Achou-a linda e estranhamente pensou que combinava com a menina deitada em sua cama.

Seu possível preconceito contra o sertanejo morreu ali.

———————— ♪ ————————

Marta dormiu na cama de Benjamin. Ele, sem maldade alguma, a empurrara para o canto da parede em que a cama estava encostada e se deitara ao lado dela. Dormiram ali espremidos, mas sem problemas. Escondida no quarto dele, desde a véspera, deu um trabalhão para o garoto alimentá-la, ainda mais que a menina parecia uma morta de fome. Tudo que ele levava, ela devorava e pedia mais. Tinha de levar comida escondido e pedir a ela que não fizesse barulho nenhum quando os pais estavam em casa.

Ele foi preocupado para a escola. E a menina nem se importava em perder aulas. Dizia que estudava numa escola municipal muito ruim e que não aprendia muito por lá. Descobriu muitas coisas sobre ela nesse pouco tempo. Que ela tinha nove anos e tinha quatro irmãos mais velhos, mas os pais os haviam dado em criação a outras pessoas. Benjamin ficou tão chocado com aquela informação, que quase passou mal.

Então tinha gente que dava os filhos? Por não ter condição para sustentá-los, ela explicara. Mas então por que diabos eles tinham filhos? Por que tiveram mais? E como tinham dinheiro para a bebida? E por que ter filhos só para maltratar e se livrar deles? De choque em choque, ele foi conhecendo a realidade de Marta. Pior, ele ficou sabendo que havia muitas outras crianças com realidades parecidas no Brasil.

Quando chegou a hora do lanche, por volta das 18h — a família não tinha hábito de jantar, apenas lanchar com pães, queijo, leite e suco — e ele sabia que a mãe havia chegado, decidiu que não podia ser irresponsável e continuar mentindo para os pais. Passara a tarde no quarto com ela conversando e fora muito difícil fazer suas tarefas de casa e os deveres da escola, pois sua atenção estava distraída. Não podia sustentar aquilo por muito tempo. Além de que, pelos filmes que já assistira na vida, concluiu que podia ser acusado de sequestro. O pai da menina já devia ter registrado uma queixa de desaparecimento.

Sem o consentimento dela e longe de suas vistas, contou tudo a seus pais, logo que seu pai chegou da loja.

— Você o quê? — Dona Elza expressou surpresa.

— Você tá dizendo que tem uma menina escondida no seu quarto? — perguntou o pai, igualmente estupefato.

— Desculpa! É que ela tava tão machucada... Eu fiquei com pena.

— E ela dormiu no seu quarto? — A mãe parecia furiosa.

— É, como eu expliquei.

A conversa foi tensa e Benjamin começou a chorar. Não importava o quanto tivesse tido boas intenções. Aquilo era muito sério. Seus pais lhe falaram sobre quantos problemas podiam ter só por ela ter dormido ali.

Enquanto conversavam, os ânimos se exaltaram e falaram alto. Marta ouviu a conversa. Quis fugir dali para não causar mais problemas ao Benjamin e àquelas pessoas. Abriu a janela com intenção de sair por ali, mas esta tinha grades, como quase todas as janelas têm... Não viu opção, abriu a porta e saiu em disparada, atravessando a sala e se atirando porta afora, tendo passado como um furacão no meio daquela família. Ganhou a rua e não parou de correr.

Benjamin ficou sem reação. Seu pai correu gritando "menina, volte aqui", mas logo se viu gritando para o meio da rua. A garota desaparecera. Quando voltou para a sala, Benjamin estava lívido e desnorteado.

— Onde ela mora, Benjamin?

— Eu... Eu não sei, pai. Ela falou que morava numa casa de vila no final da nossa rua. Mas não sei onde é.

— Já sei onde é. O Seu Cunha aproveitou o terreno do lado de sua casa e construiu umas casinhas miseráveis lá. Tem uns seis meses que começou a alugar. Vieram umas pessoas bem esquisitas...

— Não fala assim não, Adilson — protestou a mulher.

— Tá, desculpa. Gente pobre. Gente *muito* pobre — rematou com pesar.

Sua rua tinha casas boas e pessoas simples, mas que viviam com certo conforto. O bairro ficava na cidade de Mesquita, Baixada Fluminense, região pobre no estado do Rio de Janeiro. No entanto, terra de gente trabalhadora e que lutava para viver com dignidade. Ele não tinha gostado da qualidade das casas de um cômodo que o Seu Cunha tinha feito para alugar. Não era o tipo de moradia que dava dignidade às famílias.

— Tomara que ela tenha voltado para casa e que as coisas estejam calmas por lá. E vamos torcer para não aparecer ninguém por aqui querendo nos processar ou algo assim.

— Pai, mãe. Ela tava toda machucada... O pai dela espancou ela...

— Não podemos fazer nada, querido. Mas se acontecer de novo, e ficarmos sabendo, aí podemos fazer uma denúncia. Mas não trazer a menina para dentro de casa, entendeu?

Benjamin entendeu. Muito bem. Entretanto, seu coração estava apertado. Sofria ao imaginar que ela já toda roxa como estava, podia ter voltado para casa e levado ainda outra surra.

Quando voltou para seu quarto, encontrou a camiseta que tinha emprestado para ela sobre a cama e concluiu que ela havia colocado de volta suas roupas sujas. Sentou-se tristemente e pegou a peça de roupa em suas mãos. Sem entender por que, movido por uma espécie de instinto, cheirou a camisa. O odor suave e doce o deixou desconcertado. Aquilo era cheiro de menina? Ou apenas cheiro da menina Marta?

Colocou a camiseta embaixo de seu travesseiro e era ali que ela ficaria e dormiria com eles todas as noites.

Idas e voltas[2]

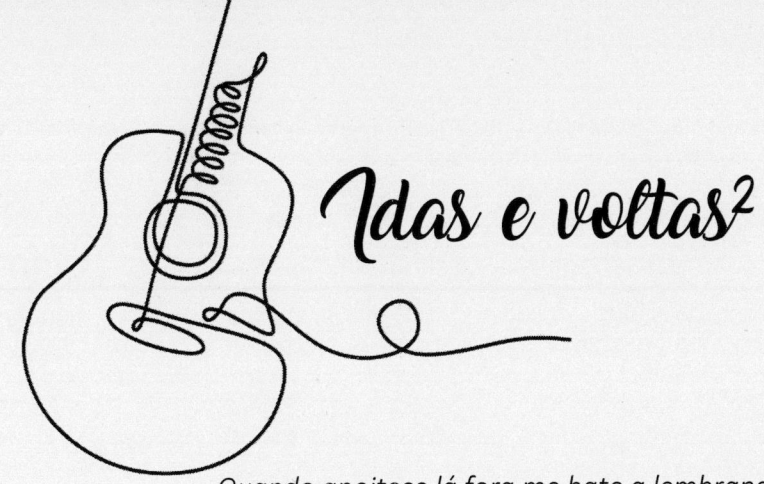

Quando anoitece lá fora me bate a lembrança
Do tempo em que éramos duas crianças
Pensando que o mundo era um favo de mel
Ah, esse amor inocente era pra toda vida

Primeiro semestre de 2007...

Benjamin e Marta se tornaram grandes amigos. Agora tinham doze e dez anos, respectivamente. Depois de seu primeiro encontro, Marta tinha procurado o amigo inúmeras vezes. Duas delas, após novas surras. Felizmente, o pai, que trabalhava como servente de pedreiro, tinha conseguido um trabalho numa construção em Macaé até o fim de 2006, para onde fora para morar na casa de um parente e acabou ficando por mais tempo, arranjando novas empreitadas. Assim, a mãe de Marta retornou para casa para ficar com a menina e aqueles foram tempos de calmaria. A mãe dela também bebia e brigava, mas não batia, apenas xingava e gritava muito.

Na maior parte do tempo, ela nem se dava conta da existência da garota.

Marta era muito autossuficiente e cuidava de si mesma. A mãe continuava desaparecendo algumas horas por dia, às vezes

---

[2] LEONARDO (Canto; compositor: Paulinho Rezende / Paulo Debétio) "Idas e voltas". In: **De Corpo e Alma.** Universal Music/ Talismã Music, 2006. CD, DVD, download digital.

por um ou dois dias. Era negligente com a menina e até com sua alimentação. Nesses períodos é que a mocinha aproveitava para se enfurnar na casa de Benjamin. A essas alturas, ela já era visita constante. Os pais do menino já a conheciam. Eles ajudavam oferecendo refeições, já que sabidamente a menina comia mal e, muitas vezes, só na escola. Também dona Elza havia recolhido doações de roupas que entregou para ela, que agora andava mais apresentável.

Quando ela estava em sua casa, dona Elza, que sempre quis ter uma filha mulher, aproveitava, em parte por isso, em parte para cuidar daquele ser que sabia ter poucos ou nenhuns cuidados, para pentear seus cabelos. Fazia nela tranças, rabos-de-cavalo e outros penteados populares para meninas de sua idade. Vez ou outra até pintava suas unhas. Marta lhe sorria agradecida e a abraçava, emocionada. Aprendeu a abraçar e beijar com aquela família, coisas antes estranhas à sua vida. Recebia ali um carinho que nunca teve em seu lar e se sentia lá feliz e grata.

Marta já conhecia o armarinho/ papelaria do Seu Adilson, para onde às vezes acompanhava o amigo, quando este tinha de ajudar o pai. Com Seu Adilson e Dona Elza, na loja, aprendeu a fazer conta de troco e outras operações mais complicadas, como controle de estoque, apenas por diversão e curiosidade. De modo algum eles colocariam a menina para trabalhar, mas ela simplesmente era curiosa e perguntava sobre tudo.

Dona Elza também a ensinou a fazer bolos e algumas coisas básicas na cozinha, já que a menina tinha de ficar sozinha em casa a maior parte do tempo e sua mãe dificilmente deixava comida ou a ensinava a preparar qualquer coisa.

Com Benjamin, ela pegou gosto pela escola. Antes via pouca utilidade em estudar. Seus pais não tinham nenhum estudo. Ela não enxergava perspectivas em sua vida. Aos poucos, o menino, que sonhava em ser militar de carreira, mostrou que para realizar seus sonhos ele precisava estudar muito e, que se ela tivesse um sonho, ela também precisaria dos estudos para realizá-lo. Assim, faziam os deveres de casa de ambos, juntos, todos os dias.

— Você não tem um sonho? — perguntou o menino uma vez.

— Nunca pensei nisso. Meu sonho hoje é passar mais outro dia sem levar uma surra.

— E amanhã?
— Amanhã vai ser igual. Passar amanhã sem levar uma surra...

Benjamin suspirou. Naquele momento seu sonho era protegê-la, para que nunca mais ninguém encostasse um dedo nela! Mas o que ele, um menino de doze anos, podia fazer?

Por causa desse pensamento constante em poder defender sua donzela em apuros, ele pediu ao pai que o matriculasse numa aula de karatê. Seu Adilson não pestanejou. Achava ótimo e podia ser útil na carreira militar que o filho sempre dizia querer. Assim, logo no início de 2007, Benjamin começou a frequentar uma academia usando um quimono e uma faixa branca. Como isso era na parte da tarde, depois do horário da escola, sua amiga grudenta o seguia e ficava assistindo às aulas. Logicamente não tinha dinheiro para também fazer o esporte, o que Benjamin não duvidava que ela faria, se pudesse. Todavia, ao chegar à casa do rapaz, ela pedia:

— Me ensina!

E assim ela o fazia repetir tudo o que aprendera, com ela, fazendo os movimentos e ele corrigindo. E foi dessa forma que ele aprendeu mais rápido que qualquer pupilo, pois mal aprendia, já tinha a responsabilidade de ensinar.

Depois de dois meses, durante um de seus treinos a dois, confiante, Marta anunciou:

— Não vou mais deixar ele me bater! Vou usar seu karatê para me defender.

— Não é bem assim. Ele é adulto, mais forte.

— Mas um dia eu vou me defender.

As palavras da menina tinham um tom de promessa que deixaram o rapazinho ao mesmo tempo preocupado e orgulhoso.

――――――― ♪ ―――――――

A amizade entre os dois estava tão forte, que já estava incomodando os amigos de Benjamin. Marta, contudo, não tinha amigas com quem convivia fora da escola, sendo muito solitária. Daí mais um motivo pelo qual se grudava a Benjamin e sua família. Certo dia, ele disse a ela que ficasse no quarto dele, se quisesse poderia usar o computador, o videogame... Que ele tinha um jogo de futebol com os amigos numa quadra do bairro. Ela concordou, mas poucos minutos depois que ele chegou ao local, ouviu seus colegas gracejando.

— Ô, Ben! A sua sombra chegou!

Ele olhou, contrariado, já sabendo o que encontraria. Lá estava ela, de short e camiseta e calçando o par de tênis que sua mãe havia dado a ela de Natal.

— Também quero jogar! — pediu a menina.

Muito mais para irritá-lo e também porque o time estava desfalcado, acabaram colocando Marta para jogar, dizendo que podia dar sorte, afinal, aquele era um nome de uma jogadora de futebol consagrada da seleção feminina brasileira.

Marta jogou bem para uma primeira vez e vieram muitas outras. Era oficial, havia bem poucas coisas que Benjamin fizesse sem ter sua amiga por perto. A irritação que demonstrava por isso, todavia, era fingida. Ele queria era disfarçar um sentimento crescente que brotou em seu peito desde que a menina tinha ido parar no seu quintal no ano anterior: ele estava apaixonado. Não sabia como aquelas coisas funcionavam nem tinha coragem de perguntar a ninguém, entretanto sabia que era isso que sentia. E o pior: intuía que era para a vida toda.

Um dia, os dois escutavam os CDs de música sertaneja de sua mãe, no quarto, deitados no chão, cada um com uma revistinha em quadrinhos em mãos, parte do tempo ouvindo música, parte lendo. Àquelas alturas, Benjamin era mais fã que a mãe e fazia Marta, que ainda pouco ligava para música, ouvir também. Quando ouviu "Amigo apaixonado"[3] elegeu a música como sua favorita e a música que representava a relação entre eles.

"Esse amor entrou no coração/ Agora diz o que é que a gente faz". Como ele queria gritar e dizer o que sentia! Mas era tão cedo! A garota só tinha dez anos... Tinha de esperar o tempo passar. Ele mesmo não passava de um pirralho.

— Tem uma música neste álbum que combina com a gente — ele comentou, atrevido.

— É? Qual? — ela perguntou displicentemente, sem tirar os olhos da revistinha da *Turma da Mônica*.

---

[3] VICTOR & LEO (cantor; compositor: Victor Chaves) "Amigo Apaixonado". In: **Victor & Leo ao vivo**. Sony BMG, 2006. CD e download digital.

— Não vou dizer — disse malandramente como quem esconde um segredo por diversão.
— Por que não?
— Você não ia entender.
— Tá me chamando de burra? — reclamou, agora dando toda a atenção a ele, tendo largado a revista e se colocado sentada.

Benjamin riu e ela ficou ainda mais irritada.
— Claro que não, Marta! Só que ainda não vou falar. Você é muito novinha... Um dia eu falo, eu prometo!
— Fala! Eu quero saber qual é a nossa música! Se você não falar, vou ficar tentando adivinhar.
— Então fica, porque não vou falar tão cedo!
— Ah, sei lá! Eu não sei direito as músicas!
— Deixa pra lá! Vamos comprar um picolé na padaria? Eu tenho um dinheiro que meu pai me deu!

A palavra "picolé" surtiu um efeito mágico na menina que esqueceu completamente o assunto. Ele sabia disso. Sempre que queria acabar com uma briguinha ou discussão era só falar em comida. Qualquer comida! Ela jamais recusava! E ainda era tão magra!

Naquele dia ele fugiu do assunto, no entanto, em outra ocasião, voltou a ficar ousado. Eles estavam assistindo a um filme na televisão, que acabou com os personagens se casando. Num impulso, como quem não quer nada ele disse:
— A gente podia se casar quando crescer...

A menina olhou para ele e arregalou os olhos.
— Como é que é? Quem casar?
— Você e eu — prosseguiu, corajoso, olhando dentro dos olhos dela, admirando os cabelos castanhos compridos que caíam sobre os ombros e o rosto corado da menina.
— Tá maluco? A gente é amigo! — ela asseverou com tanta determinação, que o entristeceu.
— Tá, a gente é amigo agora porque é criança. Mas quando crescer...
— Eu nunca vou casar! Nunca, ouviu? *Nunca*! — ela gritou.

A garota parecia estar surtando e ele se arrependeu do que disse. Mas agora não podia voltar atrás.
— Por quê?

— Porque esse negócio de casamento bonito é só em filme! De verdade é só xingamento e porrada! E ter filhos para largar por aí...

Ah, sim. Ele entendeu. Aquele era o casamento dos pais dela. A garota estava traumatizada. E agora? Será que um dia o trauma passaria? Ele jurou para si mesmo ter paciência. Ela podia não ter sonhos, não acreditar em amor ou casamento, mas só tinha dez anos. Ele, porém, mesmo tendo apenas doze, já sabia o que queria da vida: queria entrar para a Marinha e se casar com Marta da Silva Nunes.

— Seus pais são assim, mas os meus não são. E eles não são de filme. Eles são reais.

O argumento dele pareceu atingir alguma lógica na cabeça dela, demonstrada através de um silêncio e um rosto sério. Após alguns segundos, ela quis encerrar o assunto.

— Bom, você é meu amigo. Vai ser meu amigo pra sempre. Mas essa coisa de casamento feliz é para gente como você e seus pais. Não é para gente como eu.

E silenciou novamente enfiando a cara na revista em quadrinhos.

Nosso amor é ouro[4]

Somos como a arca e o tesouro
Nosso amor é forte, é diamante
Nosso amor é ouro.

Segundo semestre de 2007...

Em setembro, o pai de Marta voltou para casa. Benjamin não descobriu logo. Primeiro ela sumiu. Três dias e nada de Marta. Até seus pais ficaram preocupados. Para quem só vivia em seu quarto ou atrás dele aonde ele fosse, todos os dias da semana, aquilo pareceu estranho. Ele ligaria ou mandaria mensagem, mas sabia que ela não tinha um celular ou telefone em casa. Nem tinha computador ou Internet.

A falta dela o atingiu em cheio. No início, até que sentiu alívio, podia ficar sozinho um pouco e ter mais privacidade. Entretanto, aquilo logo ficou parecido com vazio e solidão. Então, quando voltou para casa no quarto dia sem ver a menina e depois de mais de duas horas em seu quarto sem conseguir pensar em nada que não fosse o que poderia ter acontecido com a amiga, tomou uma decisão extrema. Ele iria procurá-la. Ele precisou reunir coragem e audácia. Lembrou-se de que o pai dissera que ela devia morar em uma das casinhas que Seu Cunha alugou. Ele sabia onde era.

Foi pela mesma calçada olhando para os lados, com medo que algum vizinho fofoqueiro o visse e fosse contar para seus pais. Depois pensou que era tolice, pois ele mesmo acabaria

---

[4]ZEZÉ DI CAMARGO E LUCIANO (cantor; compositor Zé Henrique e Gabriel). "Nosso amor é ouro". In: **Zezé Di Camargo e Luciano 2003**. Columbia Records, 2003. CD, Download digital.

dizendo a eles, não conseguia esconder nada. Passou pela casa do Seu Cunha, a mais bonita da rua, com três andares e janelões de vidro verde temperado e alumínio branco. Do lado, o contraste: o terreno de terra batida com placas de cimento no chão traçando o caminho até as casinhas. Eram cinco. Pequenas e feias, feitas com material barato. No entanto, Benjamin só conseguiu pensar que eram *feias* e de novo sentiu o desejo de resgatar sua donzela. Queria ir até lá e tirá-la de seu calabouço para sempre.

    O portão que dava acesso ao terreno das casas era de ferro e com trinco. Só o que o menino precisou fazer foi puxar o trinco. Olhou para a primeira casa e para as outras. Não tinha ideia de qual era a dela ou se ela estaria lá. Mas já estava ali e não voltaria atrás. Bateu à porta da primeira casa. Uma adolescente com uma criança no colo atendeu de mau humor.

    — A Marta mora aqui? — perguntou com sua coragem tímida.

    — Quarta casa — resmungou, para em seguida fechar a porta rispidamente.

    Ele inspirou profundamente e visou a quarta casa. Rumou para lá. Parou diante dela e a observou por fora. Era pintada de branco, mas o branco já estava quase cinza e a parte de baixo da casa tinha respingos e manchas de lama. Procurou escutar se havia algum barulho, algum sinal de que o pai dela estivesse em casa. Nada. A casa parecia mergulhada em profundo silêncio. Como que receoso de romper aquela quietude, chamou num tom de voz baixo:

    — Marta! Marta!

    Esperou e nada. Estava prestes a falar alto, contudo, quando a porta se entreabriu rangendo. Era ela, só que ela tinha um lençol sobre a cabeça e o segurava com as duas mãos embaixo do queixo, parecendo um manto de santa que a cobria por inteiro. Benjamin calculou que ela estivesse com frio, embora o dia estivesse apenas fresco.

    — Entra — sussurrou ela.

    Ele obedeceu. Ela se sentou sobre um sofá velho e puído, rasgado em algumas partes, deixando exposta a espuma prestes a se esfarelar. Ele se sentou também. Observou o ambiente decadente e sentiu um cheiro desagradável que não soube identificar. Tudo ali parecia velho e sujo.

    — Seu pai tá em casa?

— Claro que não. Senão você não ia poder entrar, né?
— E sua mãe?
— Claro que não! — respondeu novamente, parecendo irritada e ainda escondendo o rosto embaixo daquele lençol florido.
— Você tá com frio?
— Não. Você só faz pergunta besta!
Ele percebeu que tinha alguma coisa errada.
— Onde tá seu pai? E sua mãe?
— O que é que você tá fazendo aqui? — O tom de voz dela era muito hostil. Ela parecia um animal ferido e acuado.
— Você sumiu.
— E o que é que você tem com a minha vida? Fica lá na sua casa bonita e cheia de coisas! Por que veio aqui? Veio ver onde eu morava? Veio ver que eu sou favelada?
— Por que você tá falando assim comigo?
— Assim como? — gritou. — Eu tô falando do mesmo jeito que todo mundo fala comigo!
— Com grosseria? *Eu* falo com você com grosseria?
Silêncio. Ela não respondeu e se aninhou mais dentro da coberta e de si mesma.
Irritado, Benjamin se levantou e olhou para ela magoado e desconfiado.
— Eu sou seu amigo. Você ia lá *em* casa todo dia! E você sumiu. Então eu fiquei preocupado com *você*! Você só vivia lá em casa, no meu quarto! E quando venho te ver, me trata assim e nem me convida para ver o seu quarto!
— Eu não tenho quarto! — gritou em meio a um choro doído.
— Eu não tenho quarto, tá? E nem tenho nada bonito para te mostrar! Eu durmo aqui nesse sofá. O quarto é dos meus pais.
Benjamin precisou de alguns segundos para processar o que ela disse. Aquilo era triste, muito triste. Entretanto, intuía que a miséria afetiva e abandono eram muito mais dolorosos que a pobreza material do lugar. Ele não se importaria de dormir num sofá e não ter um quarto, contanto que ainda tivesse o amor de seus pais... Nossa! Como ele queria abraçá-la e cuidar dela! Mas aquele lençol parecia um muro entre eles.
— Sai de baixo desse lençol! — ordenou ele, já sem paciência por estar discutindo com alguém sem nem ver seu rosto.

Em seguida, puxou o lençol com força. Ela tentou se agarrar ao pano, desesperadamente, mas seu véu improvisado já havia caído. Benjamin ficou estarrecido. O rosto da menina estava todo inchado, roxo, os braços cheios de hematomas.

— Meu Deus!

— Eu tô parecendo um monstro... — Ela chorou baixinho. — Não era para você me ver assim... Por isso eu não podia sair de casa...

O primeiro impulso dele foi correr dali e se afastar dela. Ele realmente deu um passo para trás. Mas recuperou a sensatez e entendeu que não podia repudiá-la, ela só se sentiria pior. Então ele se aproximou e tocou delicadamente o rosto dela e os braços.

— Dói?

— Muito — falou soluçando.

— Se eu te abraçar, então vai doer...

— Não importa. Por favor, me abrace!

Ele a abraçou com cuidado e de leve e ela chorou. Ele também queria chorar, mas quis ser homem naquele momento e colocou sua cabeça para funcionar. Aquela menina não ia sobreviver muito tempo assim. E se sobrevivesse, ela se transformaria mesmo num monstro. Não por fora, mas por dentro. Aquela família transmutá-la-ia em alguém sem sentimentos e com muito ódio no coração.

Sabia que aquilo não era certo. Havia leis. Sua mãe falou algo sobre uma denúncia...

— Marta, você confia em mim? — perguntou como se fosse um homem e não um menino.

— Confio. Você é a única pessoa que eu confio — respondeu com os olhos cheios de lágrimas, inchando ainda mais o rosto já todo deformado pelos maus-tratos.

— Não conta pra ninguém que eu vim aqui e nem que somos amigos.

— Todo mundo sabe. Todo mundo vê a gente junto por aí.

— Seus pais?

— Eles não. Eu não conto mesmo nada para eles.

— Isso! Não conta. Fica aí. Eu vou tentar resolver o seu problema.

Ela soltou uma risada amarga.

— Você? Moleque, já te disseram que você é muito metido?

— Já! Fica aí. Eu tenho que ir.

Benjamin disparou porta a fora e correu até sua casa. De lá, ligou para a loja e contou a sua mãe o que tinha acontecido com Marta.

———————— ♪ ————————

Mais tarde, naquele dia, uma viatura da polícia parou em frente à vila de casas do Seu Cunha. Conselho Tutelar. Justiça. Polícia. Juntou gente para ver o que se passava. A notícia chegou até a casa de Benjamin, embora eles não tivessem saído para ver a confusão. Permaneceram em casa, incógnitos, porque foram eles que haviam feito a denúncia.

Só no outro dia é que puderam sondar o que se sucedera. O pai de Marta tinha sido preso, acusado de práticas de violência contra criança. A menina também fora levada, para fazer exames de corpo delito, para constatar a lesão corporal e, muito provavelmente iria para um abrigo, já que a mãe também havia sido denunciada por negligência e abandono. Esta não foi encontrada.

Segundo alguns vizinhos, na primeira noite da volta do marido, a mulher saíra de casa e não voltou mais. Havia daí por diante um mandado de prisão para ela, que por isso mesmo parecia que ficaria desaparecida por muito tempo.

Quando Benjamin soube, não ficou satisfeito como era esperado.

— Abrigo? Como assim, mãe?

— Crianças que não têm pais precisam de um lugar para ficar — explicou dona Elza.

— Tipo um orfanato?

— Se diz *abrigo*.

— É a mesma coisa! — contrapôs o menino, contrariado. — E ela tem pais!

— É, mas eles não eram bons pais, não é? Não foi por isso que fizemos a denúncia? Ela vai estar melhor em um lugar assim, que cuida de crianças, do que com uma mãe que some por dias e não dá nenhuma atenção a ela e com um pai bêbado que a espanca.

— É, mas... A gente que fez ela ficar sem pais... — replicou o menino, pensando se teria sido mesmo a melhor atitude.

— Filho, você viu o que ele fez com ela, não viu? Ela podia apanhar assim todos os dias e, talvez, um dia desses... podia não resistir.

— Eu sei... — murmurou o menino soluçando.

O choro foi inevitável. Não podia suportar a ideia de não mais ver a amiga, aquela que em seu íntimo considerava como mais que isso. Ela era a sua amada. Só que os pais não sabiam disso, nem entenderiam. Possivelmente diriam que ele era novo demais para tais sentimentos.

— Ela vai ficar bem, filho — consolou o pai. — E podemos visitar sua amiguinha lá no abrigo.

O rosto do menino se iluminou com aquela possibilidade. Queria muito acreditar que pudesse continuar a vê-la, embora soubesse que não seria mais como antes.

— Jura? Vamos visitar a Marta? Quando? Amanhã?

A ansiedade infantil emocionou os pais. No entanto, eles sabiam que era cedo.

— Ainda é cedo, filho. Temos de esperar uns dias. Vou me informar. Prometo!

———————— ♪ ————————

Somente depois de uma semana é que foi possível visitar a menina no abrigo. Benjamin estava nervoso e ansioso. A essas alturas já sabiam que o pai dela ficaria preso alguns meses, pois dois vizinhos testemunharam contra ele e a mãe negligente, que continuava fugitiva.

Quando foram conduzidos à área onde as crianças estavam brincando, ele logo localizou a amiga querida. Ela era a única que não estava brincando, nem junto de outras crianças. Estava sentada no chão do pátio, de frente para uma árvore, todavia seu olhar atravessava o tronco e ia além da percepção superficial. Ela provavelmente mergulhava dentro de si mesma e de sua vida. Era aflitivo olhar para ela e seu rosto, que era um retrato de dor e miséria.

Mas eis que como num passe de mágica ou encanto de bruxaria, a menina transformou seu rosto em alegria e de um pulo estava de pé, logo que viu Benjamin. Até um sorriso genuíno e radiante surgiu no rostinho moreno.

— Benjamin! — ela gritou efusivamente e correu para ele.

Um completou o que faltava até o outro e eclodiram em um abraço. Os pais de Benjamin sorriram e acharam "bonitinho", ainda sem suspeitarem o quão intenso era o laço que os ligava, que não era nem de longe um capricho juvenil ou um sentimento efêmero.

Marta parecia melhor. Havia poucas marcas externas. O estado em que a viram logo que entraram, no entanto, revelava que existiam marcas internas indeléveis. Adilson e Elza sentiram muito dó da menina e empatia.

— Por que você demorou tanto para vir me ver? — queixou-se a menina.

— Não sei. Não podia. Não sei explicar...

— Hoje você *veio*... Ei, escuta! Eu ouvi outra música sertaneja! As tias da cozinha escutam muito rádio o dia todo. Eu gravei um pedacinho que é assim: *Hoje você vem, dizia/ Hoje você vem, dizia...* E aí fiquei cantando e pensando em você. Todo dia. Querendo que você viesse! Mas hoje você *veio*! Eu tô tão feliz!

— Já sei que música que é... *Chuva de bruxaria*...[5]

— E eu fiquei imaginando como é que é uma chuva de bruxaria... Aí imaginei um monte de estrelinhas mágicas caindo do céu e muita luz vinda da lua e... você vindo...

Benjamin já sabia que as estrelas eram imensas e não *caíam*... Mas não ia falar de Astronomia com ela. E ela podia ter feito a imagem em sua mente com estrelas cadentes... Aí tudo bem. O importante era que era bonito e ele estava no meio.

— Também estou com saudades — completou o garoto.

— Eu não disse que estava com saudades! — retrucou Marta revirando os olhos, simulando uma cara de desdém.

— Disse, sim!

— Não disse!

— Disse, sim!

— Eu não disse, Benjamin!

— Então não estava com saudades?

— Claro que não! Por que eu ia ter saudades de você?

Ele deu um sorriso e pensou "porque você me ama, assim como eu amo você". Mas decidiu que ela também negaria. Era teimosa!

— Porque somos amigos. E porque você falou que pensava em mim todos os dias enquanto cantava a música e que queria que eu viesse!

— Isso não tem nada a ver com saudade!

---

[5] VICTOR & LEO (Cantor; compositor Victor Chaves) "Chuva de bruxaria". In: **Victor & Leo ao vivo.** Sony BMG, 2006. CD e download digital.

— Ah, não? Então tem a ver com o quê, sua maluca? — Ele já estava perdendo a paciência.

— Você vai voltar amanhã? — desconversou, fazendo o garoto bufar de irritação.

Como Marta fazia aquilo? Fazia tudo parecer natural e descompromissado...

— Não sei...

E ele olhou para os pais que mantinham uma distância, dando espaço para eles se falarem. Entretanto, notaram um chamado no olhar do filho e se aproximaram.

— Oi, Marta. Tudo bem? — Dona Elza iniciou para em seguida abraçar e beijar a menina.

Ah! Como Marta havia sentido falta daquele abraço! A mãe de Benjamin era para ela a mãe que ela queria ter. Tão carinhosa! Tão bondosa. Adilson também a abraçou, porém mais discretamente.

— Pai, mãe! Podemos voltar amanhã? — perguntou Benjamin.

— Só no próximo final de semana, Ben. Nós não temos como ficar vindo todo dia.

As caras de ambas as crianças murcharam.

— Estão te tratando bem aqui? — perguntou Adilson.

Marta pensou por uns segundos. Sim. Era bem tratada. A alimentação era boa, regular. Tinha hora para ir à escola, para tomar banho, para comer, para dormir. Coisas que nunca tivera antes em sua vida e, até que gostava. Disciplina era uma coisa nova para ela, mas trazia a ideia de "cuidado" e era bom. Lá era mais limpo e melhor que sua casa. Tinha brinquedos compartilhados com outras crianças, mas tinha. Não tinha um quarto, mas tinha uma cama de verdade, o que era melhor que o velho sofá da sala. As tias eram boas e atenciosas e ela era grata.

O que a deixava triste era a ideia de que agora era mesmo uma enjeitada. Tinha pais, eles nunca a quiseram, mas ainda assim, morar com eles a fazia se sentir ainda como "normal". *Tinha* pais. No entanto, agora era como se não tivesse. E ver que estava melhor sem eles era ainda mais desolador.

Sentia uma tristeza fina na alma, decorrente do abandono, da violência e, primordialmente, da constatação legal disso.

— Estão, Seu Adilson, eles são legais.

— Que bom!

Deixando as crianças novamente sozinhas, eles foram conversar com os administradores do local e até sondaram a possibilidade de apadrinhamento ou adoção. Não queriam falar sobre isso com o filho, para não lhe dar falsas esperanças. De qualquer forma precisariam pensar muito, pois era uma grande responsabilidade. Ainda ficaram sabendo que possivelmente poderiam aparecer parentes reclamando a guarda da menina. Cabia esperar e ter paciência.

A sós de novo, Benjamin e Marta conversavam bastante. Na despedida, o menino resolveu implicar mais uma vez com os sentimentos dela.

— Eu volto na semana que vem. Sei que você vai morrer de saudades, mas...

— De novo você com essa história de saudade! Até parece!

— Então, se você não sente saudades de mim, não preciso mais voltar. Sentir saudade é sentir falta, sua boba!

— Não sinto sua falta, seu convencido! — redarguiu, fazendo birra e beiço.

— É mesmo? Então por que quer que eu venha amanhã, todo dia? Fica pedindo pra eu voltar?

— Porque você é meu amigo, ué! E a tia daqui leu uma história de que a amizade vale ouro. Que é o nosso tesouro! Então eu pensei que se você é meu amigo, você é o meu ouro.

— Você quer dizer a nossa amizade. A nossa amizade vale ouro — concluiu o menino, feliz com aquelas palavras e esboçando um sorriso autêntico.

— É, acho que é isso — admitiu Marta.

— Então, deixa eu te explicar uma coisa, sua cabeçuda, quando a gente tem uma amizade assim, a gente sente falta da pessoa, sente saudade.

Ela cruzou os braços, contrariada, e fez um bico. Mas pareceu refletir a respeito.

— Tá, tudo bem. Esse negócio aí de saudade, pode ser que eu sinta um pouquinho, né?

— Claro! Eu sou seu ouro, né?

Ela lhe deu um soquinho de implicância, mas logo Benjamin viu seus pais se aproximarem para encerrarem a visita e a abraçou com força. Consigo, pensou: "Nossa amizade é ouro, não"... mais que isso: NOSSO AMOR É OURO.

Tinham que se despedir mais uma vez, porém ali ela estava segura e ele assim ficaria mais tranquilo.

Tem que ser você[6]

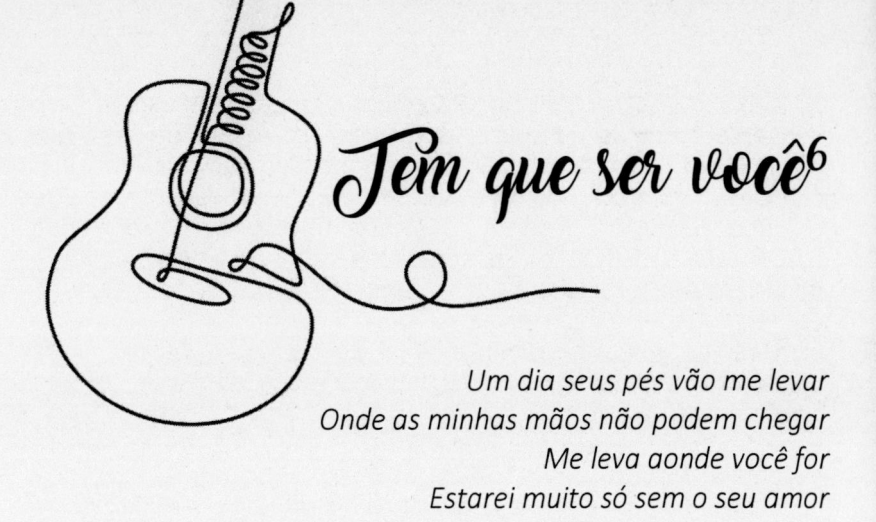

Um dia seus pés vão me levar
Onde as minhas mãos não podem chegar
Me leva aonde você for
Estarei muito só sem o seu amor

Foram quatro finais de semana de visitas ao abrigo. Na quarta e última, foram informados de que a avó paterna havia conseguido a guarda da menina. Ela seria levada embora do abrigo na segunda-feira. Marta já sabia do fato, mas não demonstrou nenhuma tristeza em relação a isso.

Disse que gostava do abrigo, tinha medo de quem seria essa avó, de quem nem se lembrava, mas estava animada porque voltaria a ser vizinha de Benjamin. Ela explicou que a avó, que se chamava Ester, moraria na mesma casa que seus pais alugaram, porque eles haviam feito um depósito e ainda havia dois meses pagos. Assim, Marta não precisaria trocar de escola pelo menos até o final do ano. O abrigo ficava em Nova Iguaçu, município vizinho e não muito distante. Dona Ester morava em Japeri.

Tanto Benjamin quanto seus pais ficaram preocupados. A mulher era mãe do pai agressor. Teria os mesmos instintos? Teria sido ela a responsável pelo filho ter se tornado uma pessoa violenta? Embora não devessem julgá-la pelo filho, era extremamente difícil não manter certa apreensão.

Logo na primeira semana da volta da menina, ela passou a fazer novamente parte da rotina na casa de Benjamin, só que mais tarde e não logo após a escola como costumava ser. A avó

---

[6] VICTOR & LEO (Cantor; compositor Victor Chaves) "Tem que ser você". In: **Borboletas.** Sony Music, 2006. CD e download digital.

não a deixava sair de casa sem antes fazer várias tarefas domésticas. Ela só conseguia ir ver Benjamin no início da noite, chegando quase sempre na hora do lanche. Segundo ela, a avó não se importava com nada, desde que arrumasse a casa e cuidasse da roupa. A senhora cozinhava, o que era um ganho para Marta, que agora almoçava bem, em casa.

Ela levava os deveres de casa para que Benjamin a ajudasse com eles. Lamentava, no entanto, não ter mais tempo para ir com ele ao karatê ou ao futebol com os amigos. Nos finais de semana, aproveitava que a avó ia para sua própria casa em Japeri, "para ver como estavam as coisas", segundo ela dizia, e se enfiava na casa de Benjamin. Dona Ester fez uma cara feia e desconfiada quando a menina pediu para ficar, em vez de acompanhá-la, no entanto, serenou ao conversar com a mãe de Benjamin, que lhe garantiu que a menina já era de casa, que a tratavam bem e gostavam de sua presença. Daí por diante, pareceu sentir até certo alívio. Com certeza, não ter a responsabilidade de uma criança no final de semana lhe pareceu bastante cômodo.

Aquele fim de semana estabeleceu um padrão para os próximos e assim se deu o ano todo. Quando perguntada sobre como a avó a tratava, ela dizia: "Assim, assim..." E dava de ombros, como se não importasse muito. Uma vez confessou que a senhora se irritava um ou outro momento e olhava para ela com raiva, parecia querer bater nela, mas seu olhar mostrava que ela se lembrava de que estava ali justamente porque o filho tinha ido preso por aquele tipo de violência. Ela se continha. Ralhava com as palavras, entredentes, mas não levantava a mão para a menina.

No fim do ano veio a notícia. A avó não continuaria ali. A menina seria transferida para uma escola perto de onde Dona Ester morava. Marta fez-se de forte. Benjamin chorou, não na frente da amiga, mas chorou. A despedida deles foi breve e intensa. Nada de mais se houvesse algum espectador, o que não foi o caso. O drama e a dor eram internos e não visíveis a olhos desatentos. Ela já havia dado um abraço forte em Adilson e em Elza e Benjamin a acompanhou até o portão. Ambos olharam para o muro o qual ela pulou quando caiu denotativa e conotativamente na vida do menino.

Um abraço que durou alguns segundos a mais que o normal foi tudo quanto poderíamos ver na cena. No entanto, dentro d´alma, Ben sentia alguma coisa se partindo em mil pedacinhos e um enjoo, como se cacos de vidro quisessem ser expelidos por seu estômago. Marta se entregou à desolação, sentimento já tão conhecido, fruto da falta de amor, do abandono e dos maus-tratos. Todavia, agora, com feição nova e que teimava em acometê-la amiúde quando se tratava de Benjamin.

— Tchau — disse ele, como se fossem se ver no dia seguinte.

Dona Ester havia deixado um endereço e número de celular, mas algo dizia ao menino que aquilo era muito pouco. Por dentro cantava *Tem que ser você*. Como e por que ela ia embora, se tinha de ser ela! Tinha que ser ela o amor de sua vida, porque ele já se decidiu e se convencera daquilo. *Estarei muito só sem o seu amor/Agora é a hora de dizer, de dizer/ Que hoje eu te amo/ Não vou negar/ Que outra pessoa não servirá...* Os versos da canção o atormentavam e o impingiam a se declarar. *Eu te amo*, ele queria dizer. Mas não disse, apenas sentiu e sentiu muito.

— Tchau, Benjamin Franklin! — falou para implicar, já que sabia que ele não gostava muito do segundo nome, mostrou os dentes num sorriso triste e saiu correndo.

Quero sim[7]

Eu tô com saudades, da nossa amizade
Do tempo em que a gente amava se ver
Eu não sou palavra, eu não sou poema
Sou humana pequena a se arrepender

2009...

Quase dois anos haviam se passado sem que Benjamin tivesse tido notícias de Marta. Ela tinha saído de sua vida. No início foi muito difícil. No entanto, a rotina e o tempo foram tomando conta de seus dias e a menina se transfundiu em uma memória bonita e suave, pungente, mas não doía mais tanto quanto no princípio e ele por vezes se pegava pensando se havia de fato acontecido, se não teria sido um sonho, se aquele sentimento forte e perene não seria apenas sua imaginação infantil romanceando uma simples amizade de infância. Sabia que ela tinha sido o seu famoso "primeiro amor". O problema é que ainda não havia surgido o segundo.

A puberdade o atingiu com força e ele logo se descobriu mais homem que menino. As transformações em seu corpo foram rápidas e assustadoras. Logo se viu cheio de pelos e tendo que raspar um bigode escuro aos treze anos. Ficou mais alto que sua mãe, mas estava muito magro. Ainda se sentia criança, embora pressentisse que por pouco tempo, já que um lado seu

---

[7] PAULA FERNANDES (Cantor; compositor Paula Fernandes) "Quero sim". In: **Pássaro de fogo.** Mercury, Universal Music 2009. CD.

sempre fora muito maduro. Paralelo a isso, desenvolveu uma miopia e teve que começar a usar óculos.

No nono ano, aos quatorze anos, já tinha uma aparência bem adolescente e chegou a ouvir algumas meninas de sua turma comentarem que ele parecia um astro do Disney Channel e os óculos não lhe tiravam o charme. Sempre teve ciência de que era bonito, embora se achasse um pouco desengonçado. Muitas já se aproximavam e sinalizavam interesse, no entanto, ele se ocupava com o cursinho preparatório para as escolas militares e seu pensamento no sentido romântico ainda era dirigido à menina que não via há quase dois anos.

Como ela estaria agora? Doze anos... Ainda seria muito criança? Teria crescido como ele? Pensaria nele como ele ainda pensava nela? Estaria bem? Ou poderia ter caído nas mãos do pai novamente? Tinha saudades, preocupação e nostalgia. Marta...

Com os custos do curso preparatório, Benjamin teve de abandonar a academia paga, passando a fazer karatê na Vila Olímpica de Mesquita, que tinha aulas gratuitas. Foi assim que teve que trocar do estilo Shotokan para Wado-Ryu e ter um novo mestre, Sensei Dilson Moraes[i], uma figura muito carismática, respeitada e bem conhecida do esporte mesquitense e no universo carateca.

Quando sua mãe finalmente permitiu que ele tivesse Facebook, a primeira coisa que fez foi procurar desesperadamente por um perfil de Marta da Silva Nunes. Frustrou-se, porque não encontrou. Ou melhor, encontrou várias, mas nenhuma que fosse ela. Tentou se conformar, talvez a avó não permitisse que ela tivesse rede social, só teria doze anos. Sua mãe só agora tinha liberado para ele o uso. Devia esperar. A espera felizmente não foi tão longa. Um mês depois de fazer sua conta, recebeu um pedido de amizade de uma "Marta S. Nunes", com uma flor no lugar de foto de perfil. Aceitou esperançoso e confirmou que era ela quando recebeu a primeira mensagem:

"Oi, Ben! Sou eu, a Marta! Lembra de mim? Sua melhor amiga? Sua vizinha?"

Ficou imóvel e sem ação por alguns segundos. Seus olhos piscaram várias vezes. Tirou os óculos e os limpou para olhar novamente e ter certeza de que tinha lido certo. Depois começou a responder, mas apagou tudo, hesitante. Resolveu primeiro olhar melhor o perfil dela, fotos e coisas assim. O perfil era novo. Tinha apenas uma semana e não tinha muito que ver. Duas imagens apenas: a flor do perfil e uma foto de paisagem.

Mas era ela. A mensagem comprovava. Precisava responder.

"Lembro sim. Como vai você?"

Bem direto e formal. O que fazer? Se ele se permitisse se expressar livremente diria algo do tipo: *Claro que me lembro! Você é o amor da minha vida! Nunca vou te esquecer!* E com certeza se arrependeria, porque Marta nunca correspondeu aos seus anseios românticos.

"Bem, eu acho. Mas tô com muita saudade! Minha vó não me deixa sair sozinha. Então não posso visitar você. Você pode me visitar?"

Sim, ele adoraria! Mas tinha de ver com os pais. E o pedido dela veio muito rápido e direto. Assustou-se um pouco. Não fazia ideia de sua aparência naquele momento e seus sentimentos por ela podiam não ser adequados a uma amizade entre um rapaz de quatorze e uma menina de doze.

"Vou ter que ver com meus pais", respondeu.

Era verdade. Mas no fundo, embora quisesse muito, não achava adequado. Seria melhor reatarem a amizade só virtualmente, por ora.

Ele lhe pediu uma foto recente, mas ela negou. Disse que sua vó só permitiu que tivesse Facebook se ela se mantivesse protegida, sem fotos. Pelo jeito, a avó estava cuidando bem da menina.

Ficaram se falando por mensagens de texto no Messenger por três horas. Logo, Benjamin percebeu o quanto estava tarde e encerrou a conversa. Ele descobriu que ela estudava numa escola estadual no centro de Nova Iguaçu e estava se dedicando bastante aos estudos. Descobriu também que a menina havia se mudado de Japeri para um bairro de Nova Iguaçu.

A vida com a avó não era ruim, porque a mulher era das antigas: disciplina, dever, regras, tarefas. Benjamin sabia o quanto aquilo era bom e importante para crianças como ele próprio. Sentia-se grato aos pais por terem-no criado assim e sabia que devia ter feito muito bem para Marta.

Ela continuava gostando de jogar futebol e treinava os golpes de karatê que aprendera com ele e outros que assimilou assistindo a vídeos na Internet, tudo sozinha em casa. Sua vida parecia de uma pessoa bem humilde, mas pelo menos agora parecia ter um lar e uma educação melhor. Ela parecia uma menina menos amarga e traumatizada.

Nos dias seguintes, continuaram a se falar por mensagens. Benjamin, entretanto, teve que limitar o tempo, porque ele *precisava* estudar. Embora feliz por reencontrar a amiga na rede social, pensava frequentemente que aquela era uma distração em um momento em que precisava se concentrar na prova que ia fazer.

Até o meio do ano, quando fez pela primeira vez a prova para o Colégio Naval, limitava muito suas conversas com Marta.

Ele não passou. Claro. Já esperava que não fosse daquela vez. Era muito raro que qualquer um passasse naquela prova de primeira. Considerada a prova mais difícil da América Latina, aquele concurso era um desafio. Benjamin queria continuar estudando para tentar mais uma vez ou duas. Valia a pena. Era a carreira com a qual ele sempre sonhou. Falou com Marta a respeito. Ela zombou um pouco dele, depois disse que ia dar força.

Logo, Benjamin descobriu que Marta estava livre do pai, que havia saído da prisão, mas se mudara de vez para Macaé. A mãe continuava desaparecida, o que era bom, porque assim, Marta continuaria com a avó.

Por meses se falando apenas por mensagens escritas, finalmente Benjamin tomou coragem e a convidou para ir ao seu Exame de Faixa, perguntando se ela podia, se queria vê-lo de novo. Tinha que ser algo assim, porque não podia configurar um encontro. Imagine! Ela tinha só doze anos!

E ela respondeu: "Quero sim!"

Com isso, o evento do exame se tornou motivo de muita ansiedade. Além da responsabilidade normal de ter de ser avaliado para a faixa azul, seria o dia em que tornaria a ver aquela menina especial. Seria um teste também para seus sentimentos. Sentiria ainda o mesmo? Seu coração ainda bateria mais forte? Guardaria ainda a certeza do amor? E se ao vê-la restasse apenas a amizade? Se olhasse para ela e visse apenas uma pirralha qualquer? Isso seria um alívio? Uma frustração? Enfim, mal esperava para estar cara a cara com ela e nesse afã estaria até a data esperada.

A concentração para o exame foi longa. Quando o aquecimento começou, já haviam se passado mais de quarenta minutos do horário marcado para o início do exame e nada de Marta.

O Exame começou. *Katá*, luta, *Kihon*. Sua pontuação foi boa. Passou. Recebeu a faixa azul. Quando sua mãe a colocou nele e estavam tirando fotos, avistou no meio da multidão de convidados da quadra uma menina que parecia ser ela... Sua Marta mais crescida...

Largou os pais e a foto pela metade e correu para lá.

— Marta?

— Benjamin?

Abraçaram-se e deram beijinhos no rosto. Depois, notou a presença da idosa ao lado da menina.

— Ben, lembra da minha vó?

— Oi, dona Ester!

Logo o grupo se reuniu à família do garoto e convidaram a avó e a menina para comerem um cachorro-quente em sua casa.

O encontro foi alegre, embora Marta e Ben não tivessem tido muita ocasião de se falarem a sós. Dona Ester prometeu outras visitas e foram embora após duas horas de confraternização.

À noite, no quarto, Benjamin ficou olhando para o teto e pensando que Marta estava tão bonitinha! Uma pré-adolescente ainda, mas uma princesinha. Era como se estivesse se apaixonando de novo! Pena ela ser mais nova dois anos! O sentimento ainda estava lá, tornando-se mais maduro, sexualizando e trazendo culpa, já que a menina em questão ainda era muito nova. Paciência. Ele precisava ter muita paciência.

Ainda assim, naquela noite enviou uma mensagem: "Vamos nos ver de novo? Você quer?"

A resposta veio quase imediata: "Quero, sim."

A maneira encontrada por eles para se ver com frequência foi Marta se matricular para fazer karatê com ele. Como as aulas na Vila Olímpica eram gratuitas, a avó da menina não se opôs, embora ainda tivesse reclamado do gasto com a passagem. Para economizar, permitiu que ela fosse aos treinos apenas uma vez na semana. Uma vez era melhor que nenhuma. Marta assim realizava o sonho de treinar karatê e os dois se tornavam novamente inseparáveis. Ela parecia uma menina feliz agora e ele acreditaria plenamente que ela havia superado o passado, se em uma de suas conversas ela não tivesse deixado escapar:

— Agora eu vou saber me defender, né? Ele nunca mais vai poder me machucar.

Mesmo o pai estando distante, o medo e o trauma ainda estavam lá. Talvez estivessem lá para sempre. Benjamin queria muito cuidar dela. Se dependesse dele, ninguém nunca, jamais encostaria um dedo em sua amada. Apenas ele poderia envolvê-la puramente em eflúvios de amor.

Se quer a verdade[8]

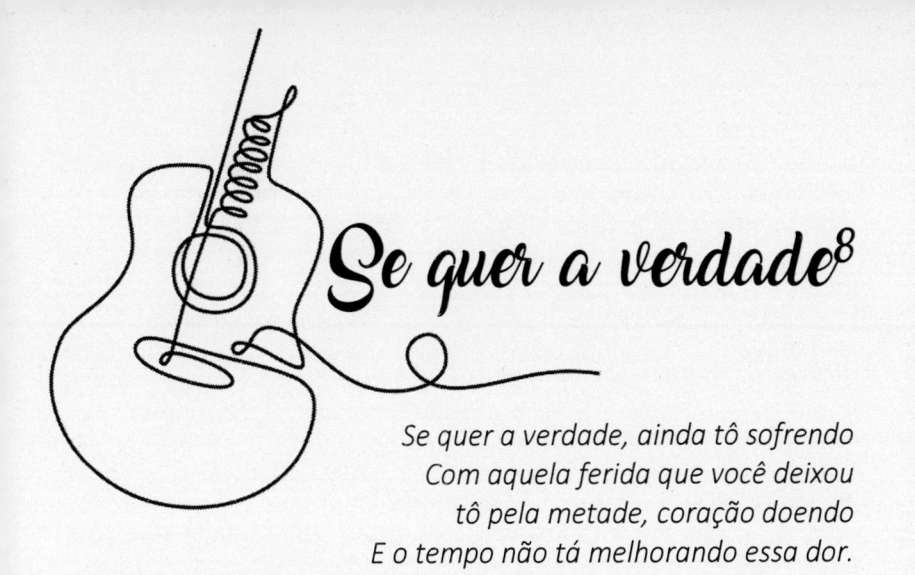

Se quer a verdade, ainda tô sofrendo
Com aquela ferida que você deixou
tô pela metade, coração doendo
E o tempo não tá melhorando essa dor.

2011

Benjamin e Marta continuavam os melhores amigos. Marta agora tinha quatorze e ele dezesseis anos. O rapaz ainda não havia realizado seu sonho de entrar para a Marinha, mas continuaria tentando. Faria mais uma vez a prova para o Colégio Naval. Vinha estudando com muito afinco. De manhã, escola; à tarde, cursinho; à noite, duas vezes na semana, o karatê e três, a natação. Ficava exausto. Pensou várias vezes em abandonar o karatê, porque a natação para ele fazia mais sentido naquele momento, já que uma das provas físicas para a Marinha era o nado. No entanto, como abrir mão de seu encontro semanal com Marta? Ela só ia às terças, então parou de ir às quintas. Não abandonou o esporte, mas precisou tirar um dia de folga.

Quando ela ia ao karatê, dormia em sua casa, para não voltar sozinha tarde da noite para Nova Iguaçu. No dia seguinte, bem cedo, Seu Adilson a deixava no ponto de ônibus, antes de levar Benjamin para a escola. Ela trazia o uniforme e ia direto para sua escola.

---

[8]DABLIO MOREIRA – PART. MICHEL TELÓ (Cantor; compositor: Dablio Moreira) "Se quer a verdade". In: **Ao vivo no estúdio**. Universal Music 2012. CD.

Aos finais de semana, Benjamin estudava. Marta, por vezes o convidava para sair, ir ao shopping, ao cinema, como amigos. Ele chegou a ir algumas vezes, mas nunca estavam sozinhos, ela sempre convidava outros amigos e amigas. E a relação dos dois caiu de vez na *"friend zone"*, zona da amizade, como dizem os americanos. Ele já tinha visto filmes hollywoodianos que abordavam o termo, que era tido quase que como uma maldição. Ou seja, uma vez que o garoto ficasse nessa "zona", muito dificilmente a garota o enxergaria como um homem, ele seria para sempre seu "amiguinho assexuado".

Ben percebeu que o relacionamento dos dois caminhava nessa direção e acabou não fazendo nada para impedir, porque nunca encontrava o momento certo, não sabia se ela já estava madura o suficiente para um namoro e tinha também um medo danado de levar um fora. Era o tal temor de "estragar a amizade". Era uma droga. Ele a via desabrochar e queria que ela fosse dele, mas perdeu o *timing*.

É, a noção de qual é o melhor momento, o *timing* não teve precisão. E passou batido. Benjamin só tomou ciência disso, quando ela lhe deu a notícia.

— Eu estou namorando — ela disse, displicentemente, quando os dois faziam um exercício de três ataques e defesa no treino de karatê.

Benjamin errou o exercício, não fez a defesa do soco e ela quase o acertou. O golpe só não foi certeiro, porque Marta segurou, ao ver que ele não defendia. Ficou completamente desconcentrado com aquela informação. E soltou um suspiro compungidamente. Fez-se lívido e sentiu-se tonto.

— Ô, Franklin! Tá tudo bem? — Soou a voz do Sensei Dilson, que o chamava pelo segundo nome.

— Só uma tonteira, Sensei. Já vai passar — respondeu Benjamin, agora trocando a tristeza pela raiva.

— Três minutinhos para vocês — comandou o Sensei, que sempre dava intervalos a todos, quando percebia que alguém estava além dos limites.

O mestre, um afrodescendente sexagenário e muito sábio, sentou-se à mesinha, à frente do *dojo,* a fim de fazer a chamada.

Benjamin aproveitou a desculpa que deu, da tontura, e se sentou no chão do *dojo*. Marta correu dizendo que ia buscar água para ele. Ela voltou em menos de um minuto com uma

garrafinha cheia. Ele aceitou, bebeu e garantiu que estava melhor. Ela se sentou ao lado dele e eles dividiram a água.
— Quem é ele? — ele perguntou quando conseguiu dominar as emoções.
— Oi? — A menina tinha se desligado do assunto.
— O seu namorado — falou com aspereza na voz, quase como se machucasse ao falar as palavras.
— Ah, é. O nome dele é Lucas. É da minha sala. Mas ele é mais velho.
Repetente, burro. Benjamin já odiava mesmo aquele nome tão comum, desde uma briga que teve com um garoto no quinto ano que tinha o mesmo nome odioso.
— Você gosta dele?
Pergunta idiota, ele sabia. Claro que ela gostava, se estava namorando o traste... Mas o que ele queria realmente saber era se ela o amava. Porque se ela amasse mesmo o idiota, ele não teria mais nenhuma esperança.
— Ah, essa coisa de gostar é bem complicada, né? Então eu acho que sim. Mas é só meu primeiro namorado. As meninas todas da turma já estavam namorando e eu, bem... Ele é legal.
Resposta vaga. Não foi categórica. Ela não tinha certeza. Ótimo! Esperança. Frágil, mas ainda assim...
— Eu tava louca pra te contar, afinal você é meu melhor amigo. É a primeira vez que eu namoro — declarou, pensativa e avaliando a reação dele. Observou o rosto do amigo alguns segundos e resolveu que deveria perguntar: — E você? Você nunca me falou de nenhuma namorada.
Porque ele tolamente esperava que ela se tornasse sua primeira namorada. Frustração o definia naquele momento. Ele *esperou* por ela! E ela o traiu! Mil vezes droga! Se ele ao menos tivesse dito a ela! Por que ele esperou tanto?! Por que entrou na porcaria da zona da amizade?!
— Ah, você sabe, é porque eu não namoro. Eu só fico.
— Sério?
— É, nada de compromisso, sabe? Estou preocupado com a prova, né? Não posso perder tempo com namoro. Então eu só dou uns pegas e pronto — mentiu e pensou que aquela mentira ia se transformar em verdade rapidinho se dependesse da raiva que ele estava sentindo.
Tantas garotas que praticamente se ofereciam o tempo todo para ele e ele esperando por ela como um otário! Agora aquilo

ia acabar. Ele precisava empatar o jogo. Ódio, vingança, ciúme. Fosse o que fosse que o movia naquele instante, fez despertar nele sentimentos nefastos.

Marta fez uma cara de expressão intraduzível. O que podia ser visto, no entanto, é que ela estava surpresa. Decepcionada, talvez?

Não houve mais tempo para conversa, pois o Sensei os chamou de volta para continuar o treino e mais tarde, mesmo ela dormindo na casa dele, não se falaram muito. Pela primeira vez na história de sua amizade, o clima entre os dois ficou estranho, como se tivessem brigado, embora nenhuma palavra áspera tivesse sido derramada.

Distanciaram-se naturalmente. Marta começou a faltar a alguns treinos e Benjamin cumpriu sua promessa mental de transformar em verdade a mentira que contou a Marta. O mais estranho é que foi incrivelmente fácil. Ele só teve de dizer sim para a primeira, depois para a segunda, a terceira. Em menos de um mês, havia ficado com cinco garotas de sua turma e duas da vizinhança.

Todavia, teve que diminuir o ritmo com as garotas, porque a prova do Colégio Naval se aproximava e ele precisava estudar. Não foi nenhum sacrifício, a "pegação" toda tinha sido apenas uma vingança íntima. E ele ainda estava com raiva de Marta.

Nas vezes em que ela aparecia nos treinos, os dois quase não conversavam. Ele tinha ficado frio com ela e até passou a ignorá-la. Até que um dia, sem conseguir esconder o sarcasmo, ele perguntou após o treino, quando os dois estavam chegando a casa, ainda na calçada.

— E o Lucas, como vai? — Ele odiaria aquele nome pelo resto da vida.

— A gente terminou — Marta concluiu, aborrecida.

— Por quê? — Ele tentou soar o mais natural possível.

— É sério isso? — Ela era pura mágoa. — Você tem sido horrível comigo há um tempão e agora quer papo de melhor amigo de novo?

Não, sua idiota, eu quero papo sério com o amor da minha vida. Mas seria possível?

— Foi só uma pergunta. Não responde se não quiser. Tá chateada?

— Ben, você tá muito estranho comigo e tem tempo. Acho que desde que te contei do Lucas.

— Estranho, eu? — Soltou uma risadinha, tentando parecer inocente, mas foi totalmente cínico.

Marta percebeu a insinceridade dele e soltou um grunhido de insatisfação. Ela também estava brava com ele. Pensativa, resolveu que era hora de esclarecer as coisas.

— Me fala. Não quer mais ser meu amigo?
— Não — afirmou de forma contundente.

Ele foi duro. Sabia bem. Mas tinha de ser e logo. Ou os dois seriam um par ou era melhor que a amizade acabasse. Era muita tortura conviver com ela e ficar imaginando outro cara tendo direito ao que ele tanto queria e com o que ele sonhava há tanto tempo.

Marta parecia prestes a desabar. Lágrimas rolaram por sua face.

— Por que, Benjamin? Por quê?

Ele estava no limite.

— Se quer a verdade — hesitou e respirou fundo. Aquele era o momento. — É porque EU TE AMO!

— Eu também te amo, Ben. Você é o meu melhor amigo — declarou com um fio de voz.

— Não, chega desse papo de amizade. Não é desse jeito que eu amo você — pronunciou-se com sinceridade e amargor.

Marta engoliu a própria saliva em choque. É claro que ela desconfiava e secretamente sabia. Ele tinha falado em casamento quando eram apenas crianças, mas... Ela deveria estar em júbilo, pois que o amava também, em igual ou maior intensidade. Mas não podia. Não era certo para uma pessoa igual a ela ter um amor assim. Tudo poderia dar errado, ele se transfiguraria num monstro, começaria a beber e bater nela e...

Não, não Benjamin. Ele jamais faria algo assim. Mas o casamento poderia mudar tudo. E com ele só poderia ser sério. Não tinha como ser um namorico de algumas semanas. Seria avassalador. Era um amor daqueles! Era insano e incoerente, contudo, sua mente traumatizada e seu coração meio estéril de amor não aceitavam com facilidade que ela pudesse ter tanta sorte. Algo ia dar errado. Era preferível namorar os Lucas e Paulos da vida, sem grandes emoções, fingindo ser uma garota normal e não a aberração que ela tinha se tornado: alguém incapaz de se deixar amar.

— Marta?
— Ben?

— Você entendeu? Eu te amo! Eu não quero mais ser seu amigo. Então, ou você termina com quer que seja que você esteja namorando neste momento e fica comigo ou a gente já era. Não quero ficar nessa de amiguinhos pro resto da vida. Eu não aguento mais — despejou seu ultimato, cheio de resolução.

As lágrimas insistiam em arder nos olhos de Marta e se precipitavam por sua face. Ela não sabia o que dizer. Benjamin era *tudo* para ela. Como ela ia viver sem sua amizade? Mas como aceitar o que ele lhe propunha sem pensar nas consequências? Seria como pular num precipício com ele. Ela não estava preparada. E, por Deus! Tinha apenas quatorze anos!

Quem é que encontra o amor de sua vida aos quatorze anos? Pior. Tinha sido bem antes, aos nove. E era do tipo que seria para sempre. Mas o rosto de seu pai insistia em vir à sua mente. Flashes dele xingando sua mãe e depois a agredindo fisicamente persistiam em invadir seus pensamentos, como que um presságio de que ela teria o mesmo destino, que amor nenhum sobrevivia. Especialmente à bebida. Mas Benjamin não bebia... "Agora", uma vozinha no fundo de sua mente lhe dizia...

Será? Ou será que haveria uma chance para ela no amor e na felicidade?

Benjamin aproveitou a hesitação da garota para afagar seu rosto com delicadeza e enxugar suas lágrimas com as pontas dos dedos num gesto de carinho genuíno. Aproximou-se ainda mais dela e segurou sua face com ambas as mãos. Olharam um para o outro, sequiosos. Marta imaginou o salto para o precipício e se debatia entre se arrojar e se acovardar. Seu coração batia loucamente e ela arfou. Ele mergulhou nos olhos dela e viu expectação, a mesma expectativa que o consumia naquele momento. Sem poder conter-se, colou seus lábios nos dela.

Marta se sentiu cair no precipício. Medo, loucura, amor. Ela queria e temia nas mesmas proporções. Benjamin só pensava que depois de beijar tantas bocas no último mês, aquele, sim, era o primeiro beijo de sua vida. O beijo do amor verdadeiro, por mais piegas que a expressão pudesse soar. Ele a tomou em seus braços e o momento foi salutar, vibrátil, inefável. Ela correspondia e ele aprofundou o beijo até que perdessem o

fôlego e ele o terminou com vários beijinhos por todo o rosto dela até o pescoço. Depois parou e sorriu para ela, esperando.
O que ela diria agora? Sim? Podiam ser um casal?
Mas em vez de dizer qualquer coisa, Marta olhou para ele, apavorada, e saiu correndo em direção à rua.
— Marta! Marta! — gritou, logo que se recuperou do susto de vê-la correndo para longe dele.
E ainda levou alguns segundos para entender que ela realmente estava fugindo e fazer suas pernas correrem atrás dela. E ela correu. Literalmente. A cena era totalmente inusitada e, de certa forma, patética: um rapaz correndo por todo um quarteirão atrás de uma garota, para finalmente perdê-la, porque ela se atirou dentro de um ônibus que saía.
Ao ver o ônibus se afastar, Benjamin ainda não acreditava que ela tinha corrido dele, fugido como se ele fosse a peste. O que aquilo queria dizer?
Foi o que ele perguntou quando mandou uma mensagem para o celular dela. Isso porque ela não atendia às chamadas. A resposta que recebeu foi incompleta, insuficiente, inaceitável:
"Ben, desculpe! Eu não posso."
Foram necessários dois dias para que ele tivesse coragem de lhe mandar outra mensagem:
"Marta, por que não pode?"
E a resposta que recebeu foi a mais sem sentido possível:
"Porque eu te amo demais."
Ela o amava demais? E por isso não podiam ficar juntos? Que porcaria de resposta era aquela? Ele a questionou. Disse que não era coerente, mas não obteve mais resposta.
E ela não respondeu a mais nenhuma mensagem, nem pelo celular, nem pelo Messenger, não atendeu a mais nenhuma ligação. Por semanas, meses. E não voltou aos treinos de karatê.
No meio do ano, Benjamin fez a prova para a qual tanto estudou e foi muito bem. Passou na primeira etapa. Nos meses seguintes, iniciou o processo de outras avaliações, como a prova física. Sua alegria era tanta e ele queria muito dividi-la com sua amiga. Nesses momentos, sentia mais que nunca falta da amizade dela. Ele lhe mandou uma mensagem:
"Eu passei na prova".
A resposta veio simples:
"Eu sei, vi no seu Facebook. Parabéns!"

Aquilo queria dizer que ela acompanhava suas redes sociais como ele acompanhava as dela? Quis continuar a conversa, mas ainda não se animou. Queria que ela desse o próximo passo de aproximação. Ela não deu. Passaram-se mais alguns meses.

Em novembro, o Sensei Dilson organizou uma apresentação de karatê solicitada por uma de suas alunas, que era escritora e ia lançar seu primeiro livro. Como a história tinha muitas cenas de luta com artes marciais e a autora treinava karatê com Dilson e, Taekwondo, com o Professor Leandro Rodrigues[ii], ela pediu a cada um deles uma apresentação para o evento, que seria ali mesmo onde treinavam. O local foi cedido pela Prefeitura.

Como haveria comes e bebes e toda uma cara de festa, Benjamin pensou que seria uma boa oportunidade para se reaproximar de Marta e pediu ao Sensei para convidá-la.

Por sua vez, ele lhe mandou a seguinte mensagem:

"Sinto falta da nossa amizade. Pode me perdoar? Podemos ser pelo menos amigos de novo?"

A resposta veio rápida e na forma de uma ligação. Sim, ela também sentia falta da amizade e queria que voltassem a ser amigos. O tempo não tinha melhorado a dor. Ben tinha entendido que preferia Marta em sua vida, ainda que como amiga, a não ter Marta em sua vida. Combinaram então de se reencontrar no lançamento do livro da Adriana Igrejas. Ele faria parte da apresentação e ela iria como visitante.

O evento foi agradável. Teve música, comida e bebida, discursos, apresentações, muitas fotos e os autógrafos. Benjamin comprou o livro para Marta e os dois se abraçaram no reencontro. Nada de beijo. Nem no rosto. Apenas um abraço cheio de saudades. Doía. Ambos queriam mais. Mas por enquanto, talvez fosse o possível.

Sonhando[9]

Se passo o dia, paro e escuto o vento
E ainda não posso entender
Como o improvável insiste em acontecer

2012

Benjamin havia entrado para o Colégio Naval. Marta e ele ainda trocavam mensagens, mas mesmo reatando a amizade, restava ainda certo constrangimento. A memória do beijo e da declaração de Ben não podia ser apagada. Então, os dois meio que fingiam que aquela noite nunca tinha acontecido, mas ela tinha e daí vinha o melindre.

Como aluno interno, Ben não tinha mais vida fora do colégio, por isso teve de abandonar o karatê com o Sensei Dilson. Só após o período de adaptação que pôde começar a voltar para casa nos fins de semana. Marta também se desligou do karatê e raramente mandava mensagens para Ben. Ela o viu pela última vez na cerimônia de culminância do fim do período de adaptação. Ele estava lindo, com seu cabelo agora à moda militar, de uniforme branco. Mas ela se sentiu meio intrusa. Pelo menos três garotas do cursinho dele estavam lá e não desgrudaram dele.

Ela percebeu que elas tinham olhos vívidos e viam Ben como um troféu a ser conquistado. Nem por um instante acreditou que qualquer uma delas estava ali por pura amizade! Aff! Amizade? Ela, sim, era amiga dele! O que parecia que significava menos a cada dia.

---

[9]**BRUNO E MARRONE** (Cantor; compositor: Anderson Richards) "Sonhando". In: **Sonhando**. Sony Music 2010. CD, Álbum, Digipack.

Marta tirou uma foto com ele e uma só dele, de perfil. Olhando para aquela imagem, ela viu que se ela não tomasse uma decisão, se não dissesse *sim* para a proposta que ele lhe fez um ano atrás, logo ele a faria a outra. E nenhuma mulher lhe diria não. Ele era magnífico. Inteligente, leal, responsável e com um futuro brilhante. Ela era realmente uma idiota. E, possivelmente, mesmo que ela quisesse que fossem mais que amigos naquele momento, ele poderia ter mudado de ideia. Aquele pensamento a desesperou. No entanto, nada havia mudado nela. O trauma pairava em sua vida de forma perene.

Sim, tinha tentado se desapaixonar, havia ficado com mais três garotos na escola e nenhum deles tinha chegado perto de lhe arrancar um ínfimo suspiro. E ali estava ela, suspirando pela foto do amigo.

Depois daquele dia, na cerimônia, Marta acompanhou o crescente número de garotas lindas que passaram a segui-lo nas redes sociais e, pior, algumas se ofereciam publicamente de forma desavergonhada. Felizmente ele era discreto e, se respondia, fazia-o de forma privada. Mas não demorou muito para que ela descobrisse como andava a vida amorosa de Ben.

No churrasco de aniversário dele, encontrou-o com uma garota sentada em seu colo. Ele se levantou, claro, logo que viu Marta entrar e foi cumprimentá-la. Mas a moça continuou pendurada no pescoço dele. Ele a apresentou. Sua namorada: Larissa.

Na-mo-ra-da. Marta nunca se sentiu tão mal em sua vida! Namoro era coisa séria. E a garota era linda! Marta se sentiu estranhamente feia e sem graça diante dela. Larissa tinha o corpo torneado, vestia um vestidinho curto, mas de bom gosto. Seu rosto era adorável! Ela usava os cabelos longos, pintados de vermelho, mas pareciam tão naturais! Ela toda era a imagem de harmonia e perfeição feminina.

Marta pensou na calça jeans comum que estava usando, com uma camiseta preta de uma banda de rock e se sentiu mal arrumada, comparada à ruiva exuberante. Quis com todas as suas forças odiá-la, mas nem ao menos ela lhe foi rude. Ao contrário, tratou-a bem, sem ironia nenhuma, nem demonstrou o mínimo de ciúme quando ele lhe disse que Marta era sua melhor amiga.

Sentindo-se péssima, com o estômago embrulhado, Marta teve dificuldade para ficar até cortarem o bolo. Sentou-se numa cadeira, no fundo do quintal e bebeu um refrigerante atrás do outro. Beberia álcool, se não odiasse tanto tudo quanto a lembrasse da doença de seu pai.

Depois de comer um pedaço do bolo, ela entrou na sala e apenas acenou para ele um tchauzinho. Saiu cabisbaixa, arrasada. Mas Benjamin a alcançou quando ela chegava à esquina.

— Marta! Calma aí! — chamou, fazendo com que ela parasse a caminhada e se voltasse na direção dele, esperando que ele vencesse o espaço que ainda os separava, ficando de frente para ela na calçada de esquina de sua rua.

— Que foi? — Tentou parecer casual.

— Como o que foi? Você nem se despediu direito de mim! Nem de ninguém! Até minha mãe reclamou. Disse que você estava estranha... E eu corri para te alcançar e ver se você está bem. Pensei que ia ter que correr um quarteirão inteiro de novo atrás de você!

Por que ele precisava se lembrar daquele episódio?

— Tá tudo bem. É que eu preciso ir. Tenho que fazer ainda uns trabalhos para a escola neste final de semana.

Não era mentira. Ela realmente tinha trabalhos para fazer, mas não tinha sido por isso que saíra daquela forma.

— Ok! E aí? O que você achou da Larissa? Ela é incrível, não é?

Jura? Ele agora queria ter uma conversa de "best friends" com ela sobre a namorada dele? Ah, mas ela merecia! Marta sabia que a culpa era toda dela. Se ela tivesse dito *sim* um ano atrás, seria ela sentada no colo dele no churrasco e não a senhorita ruiva perfeita! *Isso! Toma, Marta, pra você aprender! Sua covarde, burra! Você o perdeu! Perdeu a droga do amor da sua vida!*

— Perfeita! Ela é perfeita — asseverou com sinceridade.

Por mais que doesse, não podia ser mesquinha. E ele merecia uma garota linda e legal como aquela, não uma doida e cheia de paranoias como ela.

— Perfeita não. Ninguém é perfeito. Mas eu estou bem empolgado! — anunciou com sinceridade. — Queria muito que vocês se dessem bem, sabe? Caso a coisa fique séria e... Não vou querer que minha melhor amiga saia da minha vida.

Benjamin não havia deixado de amar Marta, mas diante da relutância e obstinação da amiga em negar qualquer outro tipo de relação entre os dois, ele havia decidido que a esqueceria e Larissa apareceu. Embora ela não lhe despertasse os mesmos sentimentos, havia uma euforia. A moça era muito atraente e carinhosa. E Ben precisava de um pouco de carinho feminino para tentar superar toda a sua história com Marta.

Se fosse possível, Marta queria que um buraco se abrisse no chão para ela se esconder. Que dor horrível aquela! Ciúme? Estava sofrendo tanto naquele momento que não podia ficar pior. Acabou ficando anestesiada. Era impossível doer mais. Ele havia falado em ficar sério... O quanto sério? O bastante para eles se casarem em alguns anos? E ela era a melhor amiga de novo. Simples assim.

— Tomara que dê certo então! Vou torcer por vocês dois!— conseguiu dizer.

— Obrigado! Mas você tá mesmo estranha. Tá tudo bem? — ele insistiu.

— Tô, claro! Volta lá pra a sua festa e pra Larissa! — assegurou, forçando um sorriso.

— Beleza! Me dá cá um abraço! — pediu, já a envolvendo em seus braços, então murmurou: — Minha melhor amiga.

Embora o abraço tenha começado com uma proposta fraternal, demorou-se mais que o normal. Mais que o necessário. Acabou surgindo um constrangimento, quando ambos se encararam com seriedade e algo mais, ainda com as mãos nos braços um do outro.

Olhos nos olhos por vários minutos e o ar ficou pesado. Soltaram-se com um "tchau" que não dizia nada e ao mesmo tempo podia dizer muito.

Naquela noite, Marta teve sonhos muito estranhos. Um pesadelo, em que ela era a madrinha do casamento de Ben com Larissa. E um sonho para lá de quente em que Benjamin e ela se amavam de todas as formas de que ela havia ouvido falar serem possíveis. Entretanto, o pior pesadelo foi quando imaginou que ela estava casada com Ben e ele chegava a casa bêbado. Acordou no meio da madrugada em pleno pavor. Rezou muito e pediu para voltar a dormir e não sonhar.

Aí já era[10]

> E aí já era
> É hora de se entregar
> O amor não espera,
> Só deixa o tempo passar

2014

— Podemos nos ver? — Ele ligou para ela e foi isso que pediu.

Ah, também disse que estava precisando muito conversar com sua melhor amiga. É claro que sim. Ela não poderia negar. Além disso, a curiosidade era enorme. Há quase dois anos eles não se falavam. Viam-se eventualmente numa cerimônia, num aniversário... E ela havia lhe enviado o convite para a sua formatura do Ensino Médio que seria em breve. Fora isso, uma mensagem ou outra em datas festivas. Nada muito pessoal ou profundo.

— A Larissa terminou comigo — ele aduziu logo que eles terminaram as formalidades de cumprimentos, o abraço e os beijinhos no rosto.

Estavam numa mesa da praça de alimentação do shopping de Nova Iguaçu. Nem haviam escolhido nada para comer ainda. Mal se viram e cumprimentaram e ele quis logo sentar para conversar.

Marta não soube como reagir. Por dentro, debatia-se em um dilema. Ele estava com aquela garota há quase dois anos! Por pior que fosse, ela já havia se acostumado com a ideia e era

---

[10] **JORGE E MATEUS** (Cantor; compositor: Jorge e Mateus) "Aí já era". In: **Álbum 10 anos**. Universal Music 2010. CD, Digital Download.

melhor vê-lo com *uma* garota, que com *várias*, uma atrás da outra. Era o que ela podia temer que acontecesse daí por diante.

— Caramba! Não sei o que dizer — falou suavemente, colocando sua mão sobre a dele, demonstrando solidariedade.

Ele sorriu torto e retirou a mão, um tanto incomodado. Em seguida, arrumou os óculos no rosto, gesto muito frequente em seus trejeitos.

— Desculpa eu te chamar aqui, mas é que eu precisava falar sobre isso com alguém e... Você é...

— A sua melhor amiga — ela completou com convicção e um sorriso amoroso.

— É — concordou. — Os rapazes não têm muita paciência para falar sobre essas coisas, especialmente a sério. Tudo acaba em "zoação" e eu... Bem, eu precisava de um papo mais sério, sabe?

— Sei. Pode falar. Vou te ouvir — deu o sinal verde de novo para ele, com um sorriso encantador e uma tranquilidade como ele nunca vira nela antes.

— Então, resumidamente, a Larissa me trocou por um oficial.

— Não tô aqui para ouvir a versão resumida. Você me procurou porque precisava de uma amiga e amigos são para ouvir a história toda. Vamos lá. Desembucha. Conta tudo. Quando começou a azedar e o que ela te falou, o que você falou?

Lógico que ela queria ajudar um amigo, mas secretamente teria muito prazer em ouvir sobre a ruína daquele relacionamento.

— Cara, a gente tava junto há tanto tempo! Eu realmente acreditei que ela gostava de mim! Com o tempo, ela começou a mostrar uma impaciência com as coisas, sabe? Tipo, quando que eu ia comprar um carro? Tipo, quando que eu ia ser menos pão-duro e a gente ia poder ir a um restaurante de luxo? Coisas assim. E eu estou guardando dinheiro para o futuro, até para comprar um carro, mas não queria fazer nada apressado.

— Então esses foram os primeiros sinais?

— Sinais?

— É, de que ela queria mais de você do que apenas você?

— Acho que sim. Ela não parecia ligar para dinheiro no começo, sabe? Será que ela tava fingindo todo esse tempo? Ou só depois que mudou?

— Desculpa, meu amigo, mas acho que as pessoas não mudam assim. Ela provavelmente estava escondendo o jogo — refutou, francamente.

Por mais que lhe doesse ter de ser direta com ele, podendo magoá-lo, sabia que o melhor remédio era sempre a verdade. E por dentro, nem podia acreditar. Ela mesma nunca desconfiara da moça. Nem um tantinho. A ruiva realmente parecia apaixonada por ele.

Ele prosseguiu, narrando uma série de episódios e conversas dele com a ex. Tudo parecia cada vez mais claro tanto para Marta quanto para ele próprio, que ao falar em voz alta percebia o como tinha sido cego.

— Tem chance de voltarem? — ela perguntou, querendo preservar seu coração de futuras decepções.

— Olha, antes de a gente conversar, talvez, se ela quisesse, eu podia acabar aceitando. Mas agora, depois desta nossa conversa, vi a coisa por outros ângulos e percebo que me enganei à beça. Nem ela implorando! Que sorte a minha ela ter terminado, então.

— Acha que ela voltaria?

— Não, o tal oficial está enchendo ela de presentes caros. Acho que é o que ela queria afinal. Eu sou muito sovina para ela.

Marta deu um soquinho no ombro dele, de forma brincalhona.

— Sovina que nada! Só econômico!

— Mas vou pagar nossa conta hoje! Você é só estudante, é mais justo.

— Tudo bem. Acho que posso ser um pouco interesseira como a Larissa e aceitar que você pague o lanche... — insinuou brincando.

— Você não tem nada de interesseira! — Ele comentou risonho, entrando na galhofa.

— Como você sabe? Tem quase dois anos que a gente não se fala muito. Eu posso ter desenvolvido uma compulsão por homens de uniformes que ganham bem. E posso agora ser uma vigarista pior que a Larissa.

Ela logo se arrependeu de ter usado a palavra "vigarista" para se referir à outra. Talvez tivesse pegado um pouco pesado demais. Todavia, ele não pareceu se incomodar.

— Isso seria ótimo! Assim talvez eu convencesse você a se casar comigo. Por interesse? — Era uma brincadeira, mas o sorriso morreu nos lábios de ambos.

Ele decerto se casaria com ela, mesmo que ela só o fizesse por interesse, ele compreendeu. Daria tudo para ter Marta para si, para sempre. Estava tudo ali de novo. Nunca foi embora. Todo aquele amor, todo aquele sentimento.

Ele estava perdido. Larissa havia criado uma ilusão que amorteceu sua paixão por Marta e o ajudou a atravessar dias e dias, anestesiado do sofrimento que não ser correspondido lhe trazia. Mas agora que a nuvem se dissipou, que ele via claramente outra vez, como ficaria seu coração? Valia a pena tentar de novo com Marta? Ela ainda lhe diria não? Ou diria sim ao seu uniforme e status recente, como sugeriu na brincadeira? Diria ela sim a ele, Benjamin, seu vizinho e amigo de infância?

— Vamos pedir pizza? — ela sugeriu para quebrar o clima tenso, carregado de emoções, que havia se instalado.

Ele concordou. Comeram e falaram sobre amenidades. Depois, Marta pediu que fossem ao cinema. Havia um filme ao qual ela gostaria de assistir. Ele aceitou de imediato. Ficar duas horas sem ter de falar nada ao lado dela era mais seguro. Ela também parecia querer fugir de alguma situação que pudesse ficar mais íntima ou de alguma conversa que se voltasse para o passado, para aquele beijo.

Após o filme, despediram-se e ficou combinado que se veriam nas formaturas, dele e dela.

―――――― ♪ ――――――

Ela estava linda. Assim que ele entrou no salão de festas, localizou-a com o olhar. A princípio teve dúvidas se era ela mesma. Marta nunca foi de se maquiar ou fazer penteados diferentes. Costumava usar apenas batom e deixar os cachos soltos ou presos num rabo de cavalo.

Mas ali estava ela, magnífica: os cachos cuidadosamente arrumados num penteado elaborado que os deixava parcialmente soltos e com o rosto iluminado por uma maquiagem um tanto pesada, mas completa e profissional, que destacava ainda mais a beleza feminina dela. E para completar, ela vestia um longo violeta, com o corpete justo, que revelava um decote na medida certa e que marcava sua cintura, antes de descer numa saia ampla e rodada. Os ombros estavam nus, as alças nada erguiam, mas apenas enfeitavam, caídas ao lado, abaixo dos ombros, envolvendo seus braços no que refletia serem minúsculas flores em vários tons de roxo, rosa e azul. Completando o figurino, ela sustentava brincos e colar prateados, cobertos de pedrinhas lilases e calçava sapatos de salto médio, prateados.

Benjamin vestia calça e camisa sociais, sapatos pretos e carregava um blazer por sobre os ombros. Ele estava elegante, mas não se sentiu à altura, quando viu sua princesa se aproximar. Ela o abraçou e o saudou com um beijo no rosto. Ele quis segurá-la naquele abraço, sentindo prazer na textura do vestido e pensando em como ele teria sorte se pudesse ser o cara a tirá-lo dela. Mas seus pais estavam ao seu lado esperando também para cumprimentá-la. Ele precisava soltá-la logo.

— Que bom que vocês vieram! Eu estou tão feliz! — exclamou a formanda mais linda no salão, na opinião daquele jovem rapaz. — Seu Adilson, dona Elza! Vocês são quase meus pais! É muito importante ter vocês aqui comigo hoje!

Marta pareceu mesmo emocionada e se atirou em abraços efusivos com dona Elza e Seu Adilson, seus pais do coração, pessoas que a acolheram e ajudaram nos piores momentos de sua vida, justamente na infância.

— Você está uma princesa, minha querida! — declarou dona Elza, ainda segurando suas mãos.

— Estamos orgulhosos de você! Aquela garotinha agora já terminou o Ensino Médio, olha só! Ficamos felizes de ver você bem, saber que superou tanta coisa!

O comentário foi sincero e comovente, mas Benjamin ficou apreensivo. Ele sabia que o pesadelo na vida de Marta havia passado, entretanto, havia marcas profundas de dor e mágoa, que vez por outra ela deixava transparecer para ele. Sua mãe, felizmente pareceu também perceber que não era bom enveredarem por aquele caminho.

— Adilson, nada de falar de passado. Hoje, para nossa Marta, só alegrias!

Marta concordou com um sorriso e os conduziu até a mesa reservada para eles, onde sua avó já estava. A senhora, costumeiramente trajada de forma bastante humilde, estava ali muito bem-vestida, com um longuete preto, sóbrio e colar e brincos de pérolas. Todos se cumprimentaram e se sentaram, mas Marta impediu que Benjamin se sentasse, segurando-o pelo braço e o puxando para que ele a acompanhasse.

— Vocês dão licença de eu roubar o Ben um pouquinho? — pediu para os pais dele, para explicar porque estava arrastando o amigo.

Porém não esperou por resposta, que sabia pelos sorrisos, que seria positiva. Já a alguns passos distantes da mesa, Benjamin não resistiu a fazer o elogio que estava guardando calorosamente.

— Você está linda, Marta! Parece uma fada! — sussurrou próximo ao ouvido dela, provocando uma quentura em ambos.

— Obrigada, você também. Um gato — concluiu com um sorriso de cumplicidade.

E, como se fosse a coisa mais natural do mundo para amigos, ela pegou a mão dele e o conduziu pelo salão, apresentando-o a todos os amigos e amigas, como Ben. Ela não largou o braço ou a mão dele. Não o apresentou nem como amigo ou namorado, apenas "Esse é o Ben". Mas a conclusão lógica que todos faziam era de que eram um par.

Benjamin se encheu de esperança. O lugar era lindo, com uma decoração de conto de fadas, com lustres e louças de cristal. Quem sabe a atmosfera de sonho não os envolvesse e libertasse de vez o coraçãozinho magoado de sua amiga, para que ela lhe permitisse amá-la como ele queria e como ela merecia?

Benjamin estava adorando andar de braços dados com ela por aquele salão e mal podia esconder o sorriso de satisfação, tanto que até ficou um pouco decepcionado na hora em que ela o conduziu de volta à mesa. Os garçons já serviam e foi bom poder molhar um pouco a garganta, que já estava ficando seca, com um copo de refrigerante. Ben não costumava beber, embora já tivesse tomado algumas cervejas com os colegas. Mas ali, como era uma festa promovida em cooperação com a escola, não haveria bebida alcoólica sendo servida.

A cerimônia da colação ainda levou algum tempo para começar. Aí vieram os discursos e homenagens. Ben era o padrinho de Marta e havia lhe comprado um anel de formatura, que colocaria em seu dedo no momento certo da solenidade.

Da assistência, ele pôde notar que ela chorou em duas ocasiões: no discurso de um dos professores e no discurso da oradora da turma. Sua Marta não era de pedra, afinal. Os pais de Ben tiravam fotos e filmavam.

Era chegado o momento da entrega dos canudos simbólicos. O nome dela foi chamado e ele se aproximou com o anel. A avó dela e a mãe de Ben estavam a postos, uma para tirar uma foto e a outra para filmar. Ele abriu o estojo e pôde notar a surpresa dela ao ver a peça de ourivesaria, em ouro e ametista.

Já com o anel no dedo, um sorriso no rosto, ela o abraçou e disse junto ao ouvido do rapaz:

— Combinou com o meu vestido, obrigada!

Não fora coincidência, ele havia perguntado antes qual a cor do vestido que ela usaria.

— De nada — murmurou, pleno de felicidade naquele momento. Por ela e sua conquista. Por ele estar ali. E pela forma como ela estava, de certa forma, flertando com ele a noite toda...

Se você deixasse, eu queria colocar era outro anel no seu dedo...

Após a cerimônia, seguiram-se os comes e bebes e começou o baile. A música que tocava, entretanto, era quase sempre dançante. Ele dançou o que pôde com ela e se divertiram bastante. E o olhar dela continuava o mesmo: de felicidade e de que queria envolvê-lo em sua alegria íntima. Propositalmente ou não, era sensual.

Quando estavam no meio da pista de dança, o ritmo mudou e canções românticas começaram a tomar a vez. Ele não perguntou. Não quis dar chance a que ela dissesse não. Simplesmente puxou-a para si e para a balada lenta que tocava. Felizmente ela não resistiu, não disse nada, apenas apoiou seu rosto no peito dele e suspirou. Em seguida, vieram as músicas sertanejas de temática amorosa. Ela sorriu e soltou uma risadinha contida e ele soube que ela devia estar pensando em como eles gostavam de conversar sobre os novos sucessos daquele gênero quando eram crianças...

Será que ela ainda curtia música sertaneja?

Como que ouvindo os pensamentos dele, ela desencostou o rosto de seu peito e elevou o olhar ao dele. Olharam-se imensa, profunda e intensamente. E aí, o refrão trouxe versos que fizeram com que Benjamin perdesse o controle: *E aí já era/ É hora de se entregar/ O amor não espera,/ Só deixa o tempo passar...*

O beijo veio terno e lento. Marta não opôs resistência. Logo se tornou um beijo completo, sensual, cheio de paixão, provavelmente um escândalo no meio da pista de dança. E não importava se seus pais ou a avó dela, ou seus amigos estivessem vendo. Quando a música terminou e o próximo hit se revelou mais agitado, eles cessaram o ósculo mágico e riram um para o outro, como crianças que acabam de fazer uma traquinagem.

Em acordo tácito, de mãos dadas, afastaram-se do centro do salão e procuraram um lugar mais reservado, mais escuro, com menos pessoas. Acabou sendo para o jardim que escaparam.

Benjamin a atraiu para trás de uma coluna, onde sem perda de tempo, reiniciaram o beijo, jogando-se um aos braços do outro. Aquilo demorou bastante. E Ben se controlava o quanto podia para não passar dos limites. Sentia imperioso desejo de tocá-la, mas ali não seria apropriado.

Por fim, exaustos e abraçados, pareceu necessário que algo fosse dito.

— É minha garota agora? — perguntou, receoso.

Silêncio. Marta ainda hesitava.

— Não sei... A gente não pode só ficar?

Ben desfez toda a expressão de júbilo e mostrou uma carranca furiosa.

— Ficar, Marta? Tá falando sério? — Ele inspirou e expirou profundamente a fim de controlar a raiva que tinha do comportamento dela. Ele precisava ser compreensivo. — Marta, do que você tem medo?

Ela estaria pronta para dizer a ele? Será que ele já não sabia? Seu trauma não era evidente?

— Ben, você sabe como era o casamento dos meus pais...

— Minha querida, nós não temos nada a ver com eles. Caramba! Eu te amo tanto! A gente pode ser tão feliz!

— Não é muito cedo? A gente é tão novo!

— Novo pra quê, Marta? Eu gosto de você desde criança! Quanto tempo mais vamos esperar para sermos felizes?

— Então, é essa palavra que me assusta. Essa coisa de felicidade... Eu consigo ficar feliz hoje, com a formatura, com você aqui comigo, com nossos beijos... Mas pensar em mais que isso, em um futuro, isso me assusta, porque não consigo acreditar em felicidade que dure.

Ele entendeu. Ele teria de provar para ela. Teria de provar dia após dia, que o amor ia durar, que era para sempre, que ele não se transformaria num monstro com o tempo.

— Tá. Tá bem então. Nós ficamos de vez em quando — concordou, sabendo que com ela precisaria ser bem devagar.

A coisa do compromisso teria de vir aos poucos.

— Você jura? — Ela quis confirmar.

— Eu quero você do jeito que der, Marta.

E selaram o novo acordo com um novo beijo apaixonado, logo interrompido, porque ele se lembrou de algo muito importante.

— Tudo bem a gente ficar, tá. Mas temos que ser exclusivos. Eu tenho que ser seu único ficante.

— Claro! E nada de piriguetes para você também. Nada daquelas "Maria Batalhão"...

Riram e se beijaram mais uma vez, antes de resolverem retornar à mesa para descansar, comer e beber um pouco. Lembraram-se então de que teriam de enfrentar algumas perguntas se a avó dela ou os pais dele tivessem visto a cena na pista de dança. Olhando para lá, viram que era possível que não, já que do ângulo que estavam não conseguiriam ver senão as pessoas de algumas mesas e os que estivessem nas bordas da pista, não no centro... Ufa?

Rumando ao canto do salão, em direção à mesa deles, notaram que mais alguém estava sentado lá, além da avó e dos pais de Ben. Quando o homem se virou, displicentemente, acompanhando a movimentação das pessoas, Marta o reconheceu. Ben teve dúvida, mas Marta teve certeza. O homem lá sentado era seu pai.

Ela buscou a mão de Benjamin como apoio e ele a apertou em sinal de companheirismo. Olhou para ele, como a consultá-lo sobre o que fazer.

— Eu estou aqui. Com você. Ele não pode lhe fazer mal — garantiu ao perceber o que se passava, que era mesmo ele, aquele homem.

— Eu não quero ir até lá — ela murmurou, nitidamente apavorada.

Fazia anos que Marta não tinha o desprazer de ver seu progenitor. Todas as lembranças relacionadas a ele eram desagradáveis e traziam resquícios de dor física e psicológica. Aquele homem era a razão de Marta não se abrir para a felicidade e Ben o odiava por isso. Marta o odiava por tudo. Ela era grata à avó por nunca lhe dar notícia alguma sobre o infeliz. E ali estava ele. Por quê? Como? Só podia ter sido sua avó! Como ela tivera coragem de fazer algo tão cruel? Estragar sua festa de formatura assim?

— Se você não quer, a gente não vai. A gente vai embora agora, os dois. Você dorme lá em casa. Eu mando mensagem para os meus pais. Eles vão entender.

Marta adorou a resposta de Ben. A saída era maravilhosa e tentadora. Era a saída fácil. No entanto, ela sabia que um dia teria de enfrentá-lo. E, se ele estava ali, se ela não fosse até ele agora, ele iria até ela outro dia e podia ser pior. Precisava de coragem. Felizmente, as pessoas que ela mais amava no mundo estavam ali, isso lhe daria força.

— Você faria isso por mim? Me tiraria daqui? — testou ainda.

— Claro! Você não precisa falar com aquele canalha.

— Obrigada — agradeceu, passando a mão pelo rosto do rapaz numa carícia de gratidão. — Mas eu preciso, sim. Se eu não for lá agora, ele pode querer ir atrás de mim outro dia. Pelo menos aqui, não estamos sozinhos. E você está comigo.

— Você tem certeza? — Benjamin perguntou, fixando nela o olhar muito sério.

Perscrutou-lhe os olhos, tentando entender quão séria era aquela decisão e o quanto ela poderia estar preparada ou não para o embate. Ela confirmou com a cabeça. Seu rosto se afigurava como um misto de fragilidade e determinação. Tudo bem, então. Se ela estava pronta, ele também estaria. Para tudo.

Aí se lembrou da vez em que a viu toda machucada, tentando se esconder embaixo de um lençol, ainda criança e se encheu ainda mais de repulsa por aquele ser humano desprezível que ela tivera a infelicidade de ter como pai. Inspirou pesadamente, imbuindo-se de uma resolução hercúlea. Se preciso fosse, espancaria o patife até a morte por aquela mulher, embora sendo pai dela, talvez ela paradoxalmente odiasse e amasse ao mesmo tempo aquela miserável criatura.

Ciente de que a situação era delicada, porém disposto ao que fosse preciso para defender sua amada amiga, ele tomou sua mão e, entrelaçando seus dedos aos dela, levou-a ao próprio peito num gesto carinhoso para, em seguida, levá-la aos lábios e beijar os dedos ainda entrelaçados aos seus.

Com um olhar significativo e um aceno de cabeça, ele lhe rendeu sua lealdade e parceria. De mãos dadas, eles se encaminharam para a mesa. Ao lá chegarem, estacaram em pé, avaliando a figura do senhor José. Ele se levantou numa mesura. Vestia terno cinza e, apesar dos anos transcorridos, tinha melhor aparência agora que antes.

Alguns segundos longos e constrangedores se seguiram em que todos se encaravam sem se mover, até que dona Ester interferiu.

— Marta, minha filha, você me desculpe. Sabia que se eu te falasse, você não ia querer, mas eu convidei seu pai. É a sua formatura, é importante pra família!

Família? Ele? Seu Adilson, dona Elza, Ben e a avó tudo bem, eram sua família. Mas aquele homem? Ele nunca soube o significado da palavra e não permitiu que ela também soubesse por muito tempo. Só quando encontrou aquelas pessoas ali, que ela passou a entender um pouco o sentido daquele substantivo. Marta fuzilava a avó com o olhar. Seu rosto transparecia amargura. Olhava de um para o outro ainda sem conseguir dizer palavra.

— Ele está mudado, Marta. E queria muito te ver... — argumentou.

O casal Adilson e Elza alternava o olhar de um para o outro com o olhar para o filho. Estavam visivelmente constrangidos com aquela situação íntima e familiar.

O trio permanecia de pé e o casal cochichou algo e depois se levantou.

— Vamos dançar — anunciou dona Elza, sorrindo sem jeito.

Eles se afastaram lentamente, olhando para o filho, como que a interrogarem-no sobre ficar ali no meio de uma crise familiar alheia. Ben desviou o olhar deles, sinalizando que dali não arredaria os pés.

— Sentem aí, por favor — pediu a anciã.

Os três obedeceram. Marta e Ben, contrariados. Seu José, aliviado.

Embora civilizadamente sentados à mesa, ninguém ainda havia se animado a dizer algo e a refrega de olhares prosseguia pungente.

— Vocês precisam conversar — afirmou dona Ester. — Vamos, Ben, vamos deixar os dois conversarem?

— Eu não saio do lado dela — declarou o rapaz, ainda em atitude defensiva.

— É, vó. Ben vai ficar aqui comigo. Seja o que for que o meu "pai" — pronunciou a palavra com ironia — tenha para me dizer, vai ter de dizer na frente do Ben.

A avó da garota quis argumentar, mas seu filho sorriu e foi apaziguador.

— Deixa, mãe. Eu converso com os dois. É natural que ela não se sinta à vontade comigo.

A idosa concordou com gestos e se afastou também da mesa.

Os três sozinhos. Tensão. Ben segurava a mão de Marta sob a mesa, como a sinalizar apoio. Ele estava lá para ela, com ela, por ela.

O rosto do homem estava apreensivo.

— O que você quer? — A pergunta de Marta tinha tom hostil.

Seu pai tamborilou os dedos sobre a mesa e mexeu no guardanapo de pano algumas vezes antes de responder.

— Eu queria ver você... — respondeu, vacilante.

— Bom, então já viu e já pode ir embora! — rematou com mágoa.

— Você é minha filha, queria ver você na sua formatura.

— Eu estou ótima sem você! Olha, faz anos que eu não tenho hematomas! — enunciou, gesticulando com as mãos, indicando o próprio corpo.

Marta não sabia de onde tinha tirado a coragem para despejar seu ressentimento, mas a sensação era boa. Era um desabafo e tanto!

O homem levou a destra à testa em um gesto meditativo.

— Eu entendo a sua raiva. Eu não fui um bom pai...

— Não foi um bom pai? — Ela parecia agora movida por mil demônios interiores. — Quando o pai esquece o aniversário do filho, não compra presentes, não brinca com a criança, não dá atenção, isso é não ser um bom pai! O que você fazia ia muito além disso!

— Eu sei! Eu sei! — exclamou José, em desespero.

— Você me espancava por nada!

As palavras vieram acompanhadas de uma torrente de emoções que se apossou dela, levando-a a um choro convulsivo. Benjamin a abraçou. José aproveitou, a contragosto, o silêncio banhado a lágrimas da filha, para falar,

embora ele próprio tivesse a face úmida e o choro contido ameaçando irromper-se.
— Eu parei de beber. Tem dois anos que estou sóbrio. Lá em Macaé, um amigo me levou a uma igreja. Eu sou evangélico agora. Tenho tentado ser uma pessoa melhor.
Marta ouvia aquelas palavras de forma cética. Não podia acreditar que "o monstro" pudesse ser outra coisa.
— Eu me arrependo, filha. Se eu pudesse voltar atrás e consertar...
Mas não podia, não é? Ninguém pode. Ele jamais poderia apagar as marcas que deixara nela. Não, nenhuma cicatriz física havia ficado. No corpo, tudo sarou. Mas na alma... Ah, a alma! Esta encerrava dores profundas! Medo de amar! Medo de confiar! Um pé atrás com a felicidade. E uma autoestima prejudicada, trazendo sempre a autodepreciação de quem mesmo repetindo mil vezes "que não merecia ser tratada daquele jeito", no fundo acreditava que sim, a culpa de apanhar era dela, como tantas vezes ele disse.
Você me obriga a fazer isso com você, Marta!
Sua peste! Sua maltrapilha! Trapo de gente!
Você é uma peste e merece apanhar!
Você não tem jeito! Você não presta!
Olha o que eu sou obrigado a fazer!
Você apanha é pouco ainda! Você merece é eu te quebrar todinha!
Eu ainda te arrebento de pancada, sua peste! E a culpa é sua!
Marta de trapo!
É, ela tinha conhecimento de que o que tinha sofrido era um tipo de abuso infantil e que o que sentia era típico. Sabia que não era verdade. Mas como convencer seu subconsciente? Quis muito fazer terapia, mas sua avó achava que era bobagem, desperdício de dinheiro que elas não tinham. Mesmo quando achou tratamentos gratuitos, sua avó não permitiu. Assegurou-lhe que era ficar revirando o que já tinha passado.
Conscientemente, Marta era senhora de si e podia se defender. No entanto, nos recônditos de sua alma, parecia habitar uma criança assustada e ferida. Sua única reação possível para se levantar era enfrentá-lo. Precisava se armar de ironia, ódio, raiva. Sem esses sentimentos negativos como escudo, ela desabaria chorando como aquela infante indefesa

que já tinha sido um dia, bem como estava fazendo naquele momento, abraçada a Benjamin. Ele era seu maior, melhor e único verdadeiro amigo. Mesmo assim, era tomada de vergonha de sua situação de vítima, na frente dele, desde a infância. Por isso, tendo todas essas reflexões, soltou-se do amigo, enxugou as lágrimas com o dorso das mãos e encarou seu velho pai.

— Perdão, me desculpa. Acho que o que eu vim fazer aqui foi isso. Queria te ver, sim, mas preciso mesmo é te pedir perdão. Eu sou culpado de tudo.

Simples assim? O homem destruíra sua infância, condenara sua vida adulta a lastimáveis traumas emocionais e agora queria perdão...

Era teatro, só podia ser. Ela não podia acreditar nele. *Eu sou culpado de tudo.* Se ela ao menos pudesse realmente internalizar aquela confissão em seus neurônios, ou seja lá onde seu cérebro guardasse aquela angustiosa sensação de que ela fora de alguma forma culpada... Ou talvez não fosse no cérebro. Talvez fosse no espírito. Droga. O pobre diabo realmente parecia sincero!

Ela aguardou o embate. Esperou que ele estivesse lá bêbado para destruir sua festa de formatura, assim ela poderia lhe dar "o soco" que treinou tantos anos no karatê, pensando em um dia acertá-lo. Ele seria expulso da festa como um bêbado inconveniente e ela se sentiria vitoriosa.

Mas não! Ele estava sóbrio e lhe pedia perdão. E ela é que seria a vilã do episódio, a filha rancorosa que não desculpava o pai. Porque nem em um milhão de anos teria como perdoar aquele crápula!

— ...e naquele tempo era assim. — Ele continuava uma narrativa de desculpas, que ela tinha perdido em grande parte, ao se desligar do que ele falava e se perder em seus próprios pensamentos. — Meu pai me batia, minha mãe batia pouco, mas batia... Fui criado assim, com violência. E me tornei também um homem violento. Depois o vício em bebida me tirava o juízo. Eu sei que nada disso é desculpa... Só queria que você entendesse. Eu sou uma criatura miserável. Sempre fui infeliz. Sua mãe também me fazia mal. Foi minha vítima também, mas ela não cuidava de vocês... Foi dando as crianças... Aquilo foi arrasando comigo, porque me jogava na cara que eu não tinha condição de sustentar os meus próprios filhos. Ela sumia de casa e eu acabava descontando em você.

Eu sei, horrível! Eu me arrependo tanto! Tô tentando procurar as outras crianças. Também já adultos hoje... Preciso do perdão de todos para ver se consigo alguma paz...

Conforme ele falava, Marta era tomada de emoções incompreensíveis. Procurava pensar em si mesma como uma órfã, criada pela avó. Lembrar que tinha uma mãe que a abandonou e irmãos espalhados por aí só aumentava sua dor. Ela era tão ruim assim como filha que sua mãe nem ligou e a deixou à própria sorte nas mãos de um pai violento? Não era digna de amor? Nem do amor de mãe que dizem ser incondicional? Sempre odiou o Dia das Mães, o Dia dos Pais e odiou ainda mais o tal Dia da Família, uma tentativa politicamente correta que só servia de qualquer forma para lembrá-la de que ela não tinha uma.

Sua família era aquela avó, seca de afetos. Ao menos era rigorosa e disciplinadora e aquilo foi o mais perto que teve de sentir que alguém se importava. Sabia que a velha não fazia por mal, ela simplesmente era daquele jeito.

Mas se ela não tinha sido digna do amor dos pais, seus irmãos também não. Foram literalmente dados. Não imaginava a dor que devia ser saber que seus pais simplesmente o haviam descartado como algo que não queriam mais. E, nesse ponto, ela tinha sido a mais sortuda. Não foi dada. Apenas abandonada pela mãe e espancada pelo pai ao ponto de ele ser preso e ela ter ido parar em um abrigo, para depois viver com a avó. Pelo menos ela era "família". Ainda assim, o discurso do homem ali à frente a amolecia de alguma forma. Sentia seu ódio abrandar. Era quase como se sentisse pena dele!

Pena? Não, não podia! Precisava de seu ódio para viver!

— Eu fui um fraco. Sempre fui fraco. Mas agora que encontrei Jesus, peço perdão a Deus todos os dias. E queria muito o seu perdão.

Marta se levantou num impulso, lutando novamente contra as lágrimas que queimavam em seus olhos. Era a hora da sentença. Ele se fizera advogado de si mesmo. Entretanto, ela era a juíza e por ela, ele estava condenado. Jesus que o perdoasse, se quisesse, mas ele não teria o perdão dela. E se isso iria causar algum incômodo ou sofrimento a ele? Ótimo! Ela queria que ele sofresse. Nem queria que Jesus o perdoasse, porque ele merecia uma eternidade ardendo no inferno.

— Seu José — iniciou, não conseguia nem queria chamá-lo de pai. — Acho muito bom que você tenha melhorado e boa sorte pedindo o perdão dos meus irmãos, se você os encontrar. Porque o meu perdão você não vai ter nunca! Ouviu? Nunca! Eu odeio você! Odeio que tenha vindo aqui estragar minha formatura com a sua presença. E se você quer me fazer um favor, nunca mais apareça na minha frente! É a única coisa decente que você pode fazer por mim, sumir!

A moça lhe virou as costas e saiu apressada, batendo os saltos no piso de granito. Ben imediatamente a seguiu. Benjamin deu uma última olhada na direção de Seu José, antes de seguir a amiga. Estava confuso. Odiava o homem pelo que fez a Marta, mas ao mesmo tempo teve pena daquele pobre diabo.

Imaginava qual seria o peso de uma consciência atormentada. No momento em que se toma ciência de um erro cometido, todo homem sofre. Por coisas bem menores, como ter usado palavras menos delicadas para falar com sua mãe, Ben já havia passado o dia em agonia. Nem o pedido de desculpas, o perdão e o abraço às vezes eram o suficiente para aplacar a dor de ter cometido o delito.

Seus pais eram católicos, mas também espiritualistas e misturavam um pouco das duas coisas. Por isso, uma das citações favoritas de sua mãe, tirada de um livro que ela leu e sempre tinha à cabeceira era em forma de pergunta e resposta:

Onde está escrita a lei de Deus?
Na consciência.[11]

Bem isso. Não importava se algo feito por nós não estivesse catalogado como crime pelas leis dos homens, as leis morais divinas eram bem mais severas, e uma consciência desenvolvida pouco ou nada deixa passar. Qual seria então o fardo de Seu José numa balança cósmica? Por quais tormentos não estaria passando em função de seus desvarios agora que lhe descortinara a verdade, a extensão e a gravidade de seu problema? Seria desleal dele, Benjamin, para com sua amantíssima amiga, ter misericórdia?

Em meio às suas cogitações, alcançou Marta no jardim externo, parada, diante dos portões de saída, olhando para a rua.

---

[11] Questão 621 de *O Livro dos Espíritos*, de Allan Kardec.

Ele tocou seu ombro e ela se voltou para ele. Seu rosto era um misto de emoções. Conflito. Dor. Confusão.
— Me leva pra casa? — pediu num fiapo de voz.
— Claro!
Embora ele sentisse que eles precisavam conversar, teria de ficar para outro dia. Naquele momento, ela não parecia ter condições de falar e tudo de que precisava era de seu apoio silencioso.

Pode ir embora[12]

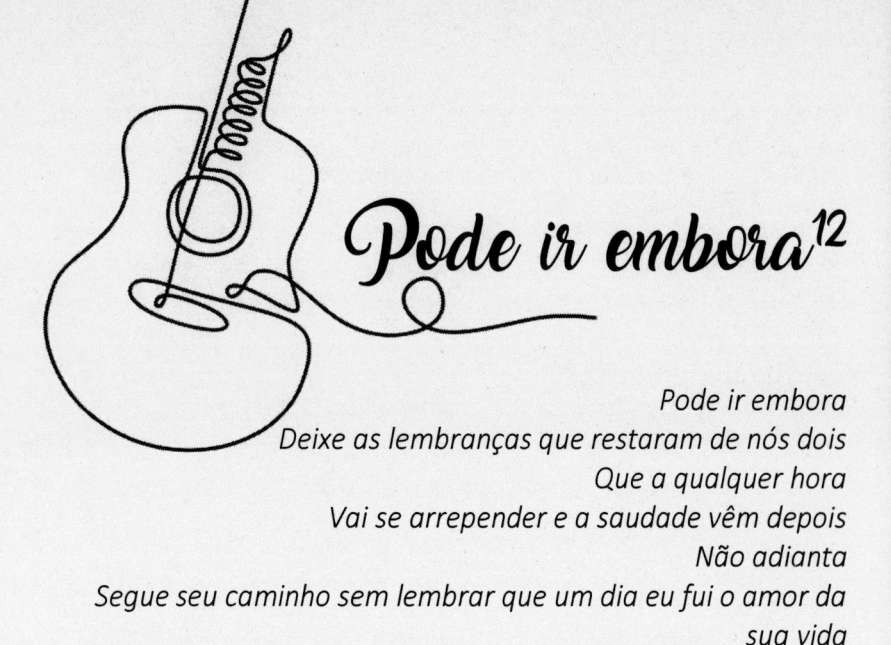

Pode ir embora
Deixe as lembranças que restaram de nós dois
Que a qualquer hora
Vai se arrepender e a saudade vêm depois
Não adianta
Segue seu caminho sem lembrar que um dia eu fui o amor da sua vida

Ben ficou frustrado. Embora, de certa forma, estivesse acostumado àquele tipo de atitude vindo de Marta, foi inevitável ficar magoado mais uma vez. Ela era como um caramujo, que ao mínimo sinal de perigo, fechava-se dentro de sua concha, não saía, nem deixava ninguém entrar.

A última vez em que se viram foi na festa de formatura dela. Ela o excluiu de sua vida no dia seguinte. Não atendia às ligações, não respondia às suas mensagens.

O mínimo que ele esperava após eles terem trocado beijos apaixonados e toques ousados, naquela festa, era que eles conversassem a respeito.

E, claro, havia o episódio do aparecimento do pai da moça. Aquilo tinha estragado tudo, pois até aquele ponto já tinham combinado serem amigos e "ficantes" exclusivos. Não era o ideal, mas ele julgou que estivesse bom por então. E aí o passado dela bateu à porta para lembrá-la de que homens são

---

[12]**BRUNO E MARRONE** (Cantor; compositor: Jonathan Felix) "Pode ir embora". In: **De volta aos bares**. Sony BMG Brasil, 2009. CD e Spotify.

cruéis e violentos, que casamentos felizes são raríssimos e que ela era "a peste", como sua baixa autoestima sempre lhe disse.

No entanto, o pior ainda estava por vir. O sumiço de Marta se estendeu à formatura de Benjamin no Colégio Naval. Nada poderia magoá-lo mais do que a ausência dela no dia, que ele esperava, fosse o mais importante de sua vida.

A cerimônia foi linda, seus pais, todos os seus parentes e amigos estavam presentes. Menos *ela*.

O tempo todo um fiapo de esperança conduzia seus pensamentos.

Ela vai aparecer, mesmo que no último instante.

O uniforme branco impecável, a barba bem-feita, o cabelo bem aparado, todo ele era a celebração do fim de um ciclo difícil, de esforço físico e intelectual, dedicação, estudo... A grande conquista! E ela *não* estava lá.

Ele sorriu, tirou fotos, abraçou. Estava realmente feliz, mas não pleno. A plenitude de sua felicidade dependia dela.

Seu orgulho se revoltou e ele jurou que se ela não aparecesse até o final da formatura, ele nunca mais a procuraria.

— E a Marta, filho? — perguntou sua mãe, ao seu ouvido, quando se abraçavam para uma foto.

Ele apenas deu de ombros, como se não importasse. Mas importava. Muito. Profundamente.

Tanto, que na noite daquele mesmo dia, ele saiu com a prima de um amigo. A garota se chamava Tânia, era bonitinha, sem grandes charmes e o assediava há meses. Ela praticamente se "jogava nos braços dele".

Na formatura, ela estava presente e saíra nas fotos, ele pensou, ao contrário *da outra*.

Então, quando Tânia o "convidou para comemorarem a dois mais tarde", ele disse sim. Por que não? Ele não tinha mais nenhum compromisso com Marta. Fazia duas semanas desde a formatura dela. Duas semanas de silêncio, de desprezo. E a gota d'água: ela perdeu a formatura dele. Mesmo ele tendo estado na dela, tendo ficado ao seu lado, quando teve de enfrentar o pai. Ainda que ela não o quisesse como seu amor, ao menos lhe devia a lealdade de amiga.

Tânia era uma garota leal. Expansiva, sem complicações. Usava as pontas dos cabelos pintadas de rosa. Curtia séries e quadrinhos e era uma mistura de nerd com líder de torcida, para descrever sua personalidade e estrutura física, respectivamente. Ele gostou muito da moça e resolveu que ia tentar mais uma vez esquecer Marta.

O orgulho ferido, que exigia uma urgente vingança contra a amiga problemática, o fez querer levar Tânia logo para a cama sem grandes consequências ou compromisso. Entretanto, seu bom senso prevaleceu, ao pensar que a prima de seu amigo merecia que ele lhe desse uma chance real. Então eles só beberam um pouco e jantaram num restaurante bacana ali mesmo em Angra.

Depois, ele propôs que se conhecessem melhor.

2015

Seis meses se passaram. Benjamin seguiu com sua vida. Sem Marta. Com Tânia. Ele agora estava na Escola Naval e enfrentava novos desafios. Ele pouco tinha tempo para a namorada, porém Tânia era bem compreensiva.

Em junho, recebeu uma mensagem de dona Ester. Marta estava fazendo cursinho preparatório para o ENEM, mas havia alguns dias que estava prostrada. Sua avó temia que ela estivesse com a famosa "depressão" e não sabia a quem recorrer.

Mesmo abalado com a notícia, Ben não iria sucumbir novamente aos caprichos daquela garota que torturava sua alma. Passou para dona Ester o telefone de uma terapeuta que atendia gratuitamente como serviço social.

Malgrado querer seguir em frente sem dar maiores atenções ao fato, a imagem de Marta triste, largada numa cama, sem ânimo, tirou um bocado do seu sossego. Mas ele jurou. Não a procuraria novamente.

E assim se passou 2015. Até que em fins de novembro, comprando presentes no Shopping, junto com a namorada, ele a viu.

Ela estava trabalhando numa loja de roupas em que entraram. Ele ficou olhando para ela sem saber o que dizer. Foi ela quem sorriu e tomou a palavra.

— Ben! Quanto tempo! — comentou de forma casual, para grande irritação dele.

Tânia também se irritou, mas foi por causa do apelido, por demais íntimo. Ela mesma o chamava de Benjamin e só tinha ouvido aquela forma reduzida do nome, vinda dos pais dele.

— Ah, vocês se conhecem? — indagou Tânia, controlando ao máximo o tom de voz para não transparecer seu descontentamento.

— É — ele rematou sem entusiasmo. — Tânia, esta é a Marta. Ela foi minha vizinha.

E o amor da minha vida.

Tânia percebeu o desconforto dele. Ele já havia falado dela, como sua melhor amiga. O pouco que ele lhe contou tinha incomodado. Porque ela notou que havia algo mais, pois toda vez que ele dizia aquele nome era com mágoa e aquilo era sintomático. Tanto, que ela perguntou ao primo. Este sabia apenas parte da história — amor de infância, que Marta tinha traumas e que por conta deles não quis ficar com Benjamin. Partira o coração do rapaz.

O reconhecimento de sua rival encheu a namorada de raiva. Era por causa daquela ali que ele não conseguia amá-la? Aquele fiapo de gente?

Benjamin era maravilhoso, carinhoso, leal, companheiro. No entanto, em seu âmago, ela sabia: ele não a amava. Seu coração já pertencia a alguém. À tal Marta. E frente a frente com ela, ainda não atinava com a situação, porque a moça ali não tinha nada de especial. Era de uma beleza comum, nada que chamasse a atenção. Pequena, insignificante.

Como assim? Como? Por quê? Como as coisas podiam ser injustas! Ela, que estava sempre com ele e faria de tudo para agradar, nunca tinha recebido o olhar que ele dirigia àquela coisinha. Um olhar de amargura, sim, mas que carregava um afeto profundo.

— A gente queria dar uma olhada nas calças jeans femininas. — Ele tentou ser o mais frio possível, levando o assunto para o objetivo primeiro deles ali.

— Claro — concordou Marta. — Por aqui.

Conduziu-os ao balcão.

— Qual o tamanho?

— É 38 — respondeu Tânia.

Marta começou a colocar alguns modelos sobre o balcão.

— Esta aqui é a minha favorita, ela é *stretch,* cai muito bem. Vai ficar linda na sua namorada, Ben.

Tânia odiou ouvi-la chamá-lo novamente pela redução do nome. E ainda bem que ela tinha deduzido o *status* dela, porque Benjamin, covardemente, não a apresentou como devido. Começou a analisar as roupas, mas de "rabo de olho" observava o namorado e a vendedora.

— Você desistiu da faculdade? — A curiosidade dele venceu.

— Não. Eu estava no cursinho, aí precisei arrumar o emprego e estou estudando com vídeo aulas. Este ano eu passo.

— Pra que curso? — Ele quis saber.

— Farmácia ou Engenharia de Alimentos. Estou me decidindo.

— Bom... — disse apenas por dizer, sem refletir.

— Ah, Ben, queria te agradecer pela terapeuta. Eu melhorei muito. Ela é muito boa. Me ajudou bastante. Ainda estou... Você sabe. A terapia continua. Ainda tô trabalhando aquelas coisas...

— A-hã. — Ele não queria muita conversa e se esforçou ao máximo para concentrar sua atenção nas calças à venda.

— Esta aqui — decidiu-se Tânia, ansiosa por terminar aquele encontro desagradável o mais rápido possível.

— Não vai experimentar? — sugeriu a vendedora.

— Não precisa, sendo 38, cabe em mim tranquilamente. — Tânia não queria perder mais nem um minuto naquela loja.

— Só uma? — Ele quis confirmar. — Pode levar mais, amor.

Amor. Uma palavra. Direcionada a outra mulher, do *seu* Ben. Marta se sentiu a mais miserável das criaturas ao ouvir o quanto soava carinhoso o tratamento na voz de seu querido amigo. E pensar que podia ser para ela...

Por duas vezes ela o rejeitou e se arrependeu e foi encontrá-lo com outra garota. Ele não era o tipo de cara que fica sozinho. Ele não ficaria esperando por ela até que ela se curasse, até que conseguisse vencer o medo... E ele estava certo, porque aquilo podia nunca acontecer.

O que ela esperava? Ela fugiu. Sumiu. Ela nem foi à formatura dele, mesmo sabendo o quanto era importante! Ela merecia tudo aquilo e ainda pior. Ben era um cara decente e era digno de ser feliz, com uma garota bacana que o tratasse bem. E parecia que aquele era o caso. Ela só podia desejar que tivessem toda a felicidade do mundo!

Enquanto Marta se castigava mentalmente, Tânia garantiu ao namorado que só tinha gostado daquele modelo. Eles pediram a nota, pagaram. Ao irem embora, os ex-amigos disseram apenas "tchau" trocando sorrisos tristes.

Marta imediatamente avisou à gerente que precisava ir ao banheiro. Na verdade, o que ela precisava era se sentar alguns minutos, ainda que fosse sobre uma privada, e deixar algumas lágrimas rolarem.

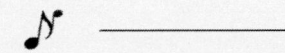

───────── ♪ ─────────

Quando saíram da loja, ambos ficaram em silêncio por algum tempo. Depois Tânia pediu que tomassem um cappuccino. Ela precisava se sentar e falar.

Assim que foram servidos, após alguns minutos bebericando o líquido quente, Tânia soltou.

— Essa Marta é a que foi sua melhor amiga?

Ben encarou a namorada, surpreso. Não esperava nem queria que ela tocasse no assunto.

— É. Era minha vizinha quando a gente era criança — respondeu, contrariado, na expectativa de que suas palavras encerrassem o assunto.

— E foi seu amor de infância — afirmou a garota, com o olhar irascível.

— Quem te disse isso? — Ele não estava gostando nada do rumo daquela conversa.

— Meu primo.

— O André é um linguarudo — enunciou, tomando um gole grande de seu cappuccino.

— Eu acho que ela não foi só um amor de infância.

Tânia estava entrando num território perigoso, ela sabia. Do tipo que leva a discussões e rompimentos. Gostaria de ter o sangue mais frio e ignorar tudo, contanto que seu marinheiro ficasse com ela, noivasse e eles se casassem. Porém, se começasse a ignorar fatos e fingir demência, seria sempre a namorada que não sabe nada ou a noiva que desconhece o passado do nubente, ou pior: a futura esposa traída.

— Por que esse assunto agora? A Marta é passado. Deixa quieto!

Deixa quieto? Ah, aquilo era demais!

— Deixa quieto? Deixar o que quieto? Que você ainda tem uma queda por ela? — afrontou, ainda que controlando o tom de voz.

— Tânia, meu amor, não vamos entrar nessa, por favor! — apelou ele.

Era a chance de encerrarem a discussão. Pronto. Ela tinha deixado claro que estava de olho, que não ia ignorar tudo. Havia colocado limites. Mas... Era geniosa e ainda não estava satisfeita. Foi movida pelo orgulho ferido e não pelo bom senso.

— Por que a gente não pode falar sobre isso, Benjamin? Eu sou sua namorada, mereço saber se você tem sentimentos por outra mulher!

— Não vale a pena, acredite!

Tentou desviar ainda mais uma vez o assunto. Ele sabia que se falasse a verdade a magoaria muito e irremediavelmente. Por outro lado, a única forma de não ferir seus sentimentos seria mentir. Ele odiava mentir.

— Preciso saber. Você ainda gosta dela? Da sua ex?

— Tânia, Marta e eu nunca fomos namorados.

Aquilo era verdade, um terreno seguro.

— Então vai me dizer que nunca rolou nada entre vocês? Nem um beijo?

Por que Tânia tinha de ser tão específica em sua pergunta? Só a primeira pergunta ele podia responder negativamente sem faltar com a verdade, mas a segunda...

— Um beijo ou dois — admitiu. — A gente ficou na festa de formatura dela, mas daí ela sumiu e fim da história. Foi no ano passado, antes de a gente se conhecer.

Podiam parar por ali, não é? Ele tinha sido sincero e não dissera nada tão imperdoável assim. Mas ela ainda precisava *daquela* resposta.

— Você não respondeu. Ainda gosta dela?

Ele hesitou alguns segundos. A demora em si era uma resposta dolorosa.

— A Marta e eu temos uma história e sempre vou ter sentimentos por ela. Mas agora estou com você. É isso que importa.

— Entendi — anuiu, balançando a cabeça positivamente. — Obrigada pela sinceridade. Só mais uma coisa: se a maluquinha lá resolvesse as caraminholas dela lá com a tal terapeuta e quisesse ficar com você, você largava tudo por ela, né?

— De jeito nenhum! — A resposta veio rápida e enfática, o que confortou um pouco a enamorada insegura. — Marta já teve todas as chances. Não pretendo nem mesmo voltar a ver Marta nunca mais. Se eu soubesse que ela trabalhava neste shopping, nem tinha vindo! Ela me aprontou bastante. Desejo tudo de bom pra ela, mas longe de mim!

Suas palavras eram sinceras. Ele teve orgulho de si mesmo por conseguir dizer todas as coisas certas sem mentir, sem magoar.

Tânia acreditou nele, mas compreendia além das palavras sinceras, pois percebera que foram ditas com mágoa e paixão. Lia nas entrelinhas, que por orgulho, ele jamais a procuraria. Tampouco ele terminaria com ela para ficar com a outra, podia ter certeza daquilo. Ele ficaria com ela.

A questão era saber se ela se contentaria com seu carinho e lealdade, pois evidentemente era tudo que ele podia lhe oferecer. A paixão, aquela impressão viva de ardor, o amor de filmes, isso ele só teria por aquela vendedora, não importando o quanto ela, Tânia, se esforçasse ou se doasse àquele relacionamento. E não era culpa dele. Afinal, ninguém escolhe por quem se apaixonar. O amor não tem lógica.

A escolha que ela precisava fazer no momento era entre ficar com ele e aceitar o que ele tinha para lhe oferecer ou terminar tudo e procurar por alguém que lhe pudesse corresponder ao amor. Ainda não estava pronta para abrir mão de seu sonho de um militar de carreira num belo uniforme. Por vezes tinha dúvidas sobre se amava realmente o homem ou o pacote que ele trazia. De qualquer forma, aquele conjunto a atraía demais para ignorar.

Tudo bem, então. Ele tinha um amor do passado. E que permanecesse lá.

— Tudo bem — concordou ela. — Vamos deixar isso pra lá.

— Tudo bem? Tudo bem mesmo? — Ele quis confirmar esperançoso.

Não estava pronto para ficar sozinho naquele momento. Vendo-se livre e sem compromisso, podia não conseguir cumprir com sua promessa e...

— Tá. De boa — ela garantiu.

Eles sorriram e se beijaram. Acabou tudo bem afinal. E nem chegou a ser uma briga. Era um relacionamento morno. A falta de calor talvez fosse o problema ou possivelmente o que havia de melhor naquela ligação. Dependia do ponto de vista ou do grau de exigência.

───────── ♪ ─────────

No Natal, Marta lhe enviou uma mensagem de Boas Festas. Ele sabia que devia ter bloqueado o número dela, mas simplesmente não conseguiu. Para si mesmo dizia que era por caridade, afinal, dona Ester lhe pediu ajuda uma vez. E se Marta pedisse socorro qualquer hora por conta de depressão? Era uma desculpa decente. Servia. A verdade era que havia uma linha disponível para o perigo.

Ainda que fosse mal-educado de sua parte, ele não respondeu. Assim, fecharia o canal. Ela entenderia que ele não queria contato e não o perturbaria mais. Isso, no entanto, não aconteceu. Ela passou a lhe enviar mensagens diárias. Coisas bobas, como lhe desejar um bom dia, compartilhar um vídeo ou um meme. Aquilo o irritou. Não respondeu e todos os dias tentava se convencer a bloquear o número dela.

2016

Na segunda semana de 2016 passaram a ser mensagens reais:

"Podemos ser amigos de novo?"

"Sinto falta da sua amizade."

"Não quero atrapalhar seu relacionamento, só quero sua amizade."

"Você me perdoa não ter ido à sua formatura? Eu não estava bem, fiquei muito mal depois de ver meu pai."

"Perdão, amigo!"

"Só me perdoa e não te incomodo mais."

Fácil assim? Ela achava que seria fácil assim? Ele clicava no menu para o bloqueio, mas na hora de selecionar a opção, dizia a si mesmo que queria só ver que mensagem ela enviaria no dia seguinte. Só por curiosidade.

Passaram-se semanas. De repente, ela parou. "Finalmente", ele pensou. Mas foi um pensamento mentiroso. No fundo a desistência dela o frustrou. Lá se ia ela para longe de sua vida de novo.

Naquele dia, em seu quarto, ele olhava para a tela do celular, passando e repassando as mensagens dela distraidamente e não percebeu que Tânia se aproximava por trás. A namorada tinha ido com sua mãe à loja, para conhecer e buscar alguns itens, então ele não esperava que ela voltasse logo.

— Eu pensei que a Marta estivesse no passado — assomou, assustando o namorado, que teve um sobressalto.

Ele se virou para ela, levantou-se da cadeira e se recompôs.

— Então, se você viu as mensagens, deve ter visto que não respondi nenhuma — retrucou, estendendo o celular para que ela visse melhor. — Pode ver tudo se quiser.

Ele pensou que ela recusaria, mas a moça aceitou e pegou o celular. Passou as mensagens e confirmou que ele não respondia. No entanto, a última tinha sido de quase uma semana atrás.

— Certo. Você não respondeu. E também não me falou nada. E está aí revirando as mensagens, mesmo sem ter nenhuma recente...

— O que você quer dizer com isso?

— Que você estava aí babando nas mensagens dela! — falou com o tom de voz alterado.

— Humpf! Babando? Tá maluca?

— Maluco tá você! Por ela! — acusou.

— Isso não tem sentido. Vai brigar por um punhado de mensagens que eu nem respondi?

— Você não ter respondido é o problema!

— Como assim?

— Ela pediu para serem amigos de novo. Era só ter dito *sim*. Só amigos. Pediu perdão. Por que você não perdoou?

— Ora! Porque ela não merece! Eu não quero papo com ela!

— Tá vendo?

— Tá vendo o quê?

— Essa raiva é sinal de que você ainda gosta dela. Gosta tanto, que não perdoa. Isso é paixão! Você quer que ela sofra! Isso é vingança de amor!

— Vingança de amor! — resmungou com ironia. — Que é isso? Tá vendo novela mexicana agora?

— Nem tenta! Admite!

— Admitir o quê?

Tânia estava vermelha de raiva e vergonha. Seu sonho do príncipe encantado com um uniforme militar de gala parecia querer sair voando pela janela.

— Que você a ama!
Benjamin suspirou. Admitir seria uma derrota e magoaria Tânia de forma irrevogável. Ela o deixaria.
— Você precisa se acalmar.
— Admita!
— Você está nervosa!
— Você está me deixando mais nervosa com essa enrolação. Admita.
— Você precisa ser razoável...
— Tudo bem, não quer admitir, então negue. Diga que não ama essa desgraçada!
— Desgraçada... — ele repetiu tristemente, porque a palavra o lembrou da menina machucada, enrolada no lençol...
Desgraça era como ele descreveria a vida dela naquela época. Pobre Marta, desgraçada...
A introspecção e devaneio súbito do rapaz deixou Tânia ainda mais exasperada. Ela via nitidamente que ele estava em algum tipo de túnel do tempo, perdendo-se em lembranças da amada.
— Não vai dizer? — cobrou, chamando-o à realidade. — Não quer dizer que ama, nem que não a ama. Então vou facilitar para você. Diz que me ama.
— Ãh? O quê?
— Diz: eu amo você, Tânia.
Ele nunca disse. Ela se ressentia daquilo. Toda vez que ela lhe dizia que o amava, ele a beijava em resposta, mas nunca retribuíra com palavras.
Ben pensou que podia dizer, ele a amava como amava tantas pessoas. Mas não era àquilo que ela se referia. E agora? Estava encurralado. Silêncio e olhares exaltados.
— É tão difícil assim? É tão difícil me amar?
— Não. Você é adorável.
— Mas você não me ama — concluiu tristemente.
Ele inspirou e expirou pesadamente. Havia um jeito de sair daquela situação sem perder a namorada?
— Eu não quero perder você — afirmou, constrangido.
— Eu também não, mas acho que não se pode perder o que nunca foi seu de verdade, não é?
— Tânia, para com isso...
— Como eu posso ficar com alguém que não consegue dizer que me ama e que ama outra pessoa?

Ele pensou sobre aquilo. O questionamento era justo. Ela tinha razão.
— Tá certo. Você tem razão. Você merece mais. Desculpe. Não posso dar mais do que o que sempre te dei — confessou.
— Certo. Então, acho que é isso — falou com a voz trêmula de emoção. — Te desejo sorte. — Refletiu por um instante e percebeu o que precisava dizer. — Se eu fosse você, tentaria acertar as coisas com a Marta. Nitidamente, você nunca vai conseguir gostar de outra.
Tânia se aproximou e beijou o rosto dele.
— Você é um cara legal. Se cuida! — falou com um sorriso torto.
— Desculpa, Tânia! Você também. Espero que encontre alguém que possa te amar como você deseja — concluiu, derrotado.
Deveria se sentir liberto, mas o que pesava sobre ele naquele momento era tristeza, de saber que Tânia estava certa e que ele dependia de Marta para ser feliz.

---------- ♪ ----------

Tânia não pôde evitar. Não que ela tivesse ido ao shopping para aquilo. Ela realmente precisou ir até lá para acompanhar uma amiga, que queria trocar um produto numa loja de informática. Impaciente com a demora para a troca, a ideia fixa de ir confrontar Marta a consumiu. Convencida de que ia fazer um bem, decidiu-se.
— Amiga, enquanto você termina aí, eu vou dar um pulo naquela loja que te falei. Onde eu comprei uma calça, no final do ano passado, lembra?
— A que a gente passou em frente? Sei.
— Se você terminar primeiro, me encontra na frente dela.
— Tá, tá — concordou, dividindo a atenção entre a amiga e o vendedor que efetuava sua troca.
Tânia não se conformava com que seu relacionamento tivesse terminado por nada. Ela sentia raiva de Marta, mas tinha pena de Benjamin, pois compreendera que ele só seria feliz com aquela lá. Se ao menos o término tivesse unido a tal com Benjamin... E ela estava sozinha à toa, porque os dois não tinham se resolvido.
Chegou à entrada da loja e hesitou. Avistou-a perto do balcão, terminando uma venda. Olhou para ela e seus olhares

se cruzaram. Ela a teria reconhecido? Querendo disfarçar, concentrou sua atenção na vitrine, para a qual passou a olhar fixamente. Logo ouviu a pergunta.

— Posso te ajudar? — Marta havia se adiantado à outra vendedora para atendê-la.

Era óbvio que a tinha reconhecido.

— Ah, é, só estava olhando — respondeu, desconcertada.

— Tânia, né? — perguntou a vendedora com um sorriso.

— É, você lembrou.

— Claro, você é a namorada do Ben. Você comprou uma calça jeans comigo. Ficou boa? Você nem experimentou...

— Ficou, sim.

— Quer ver os outros modelos que chegaram?

Era agora ou nunca. Tinha de ir direto ao ponto. Ela não estava lá para comprar nada.

— Marta, é, eu... Desculpe. Eu vim mesmo foi para falar com você — disse num tom de voz abaixo do que estava usando antes. Diante do silêncio e ar curioso da outra, ela continuou: — Eu terminei com o Benjamin.

— Que pena! — Marta falou num fio de voz, surpresa e apreensiva.

— Você sabe por quê?

Marta arregalou os olhos. Esperava que a ex-cliente não quisesse fazer uma cena.

— Por sua causa.

Ah, meu Deus! A vendedora temeu um escândalo e seu corpo se contraiu à espera de uma agressão física. Porcaria de trauma! Sempre que sentia certa hostilidade nas pessoas, inconscientemente seu emocional já se preparava para a violência.

— Eu não... — Tentou se defender.

— Eu sei. Não vim aqui para te culpar nem brigar. A gente não escolhe de quem gosta, né? E o Benjamin não consegue deixar de gostar de você.

Marta relaxou só um pouquinho. Ainda estava armada para a batalha, só que percebeu que não seria no campo físico.

— Acho que você tá enganada. Ele nem fala mais comigo. — Deixou escapar o que acabou soando como uma queixa.

— É porque ele *não quer* ser seu amigo.

— O que você quer que eu... — Ela não sabia como completar a frase, estava perdida ali naquela conversa.

— Olha, eu só vim aqui dizer para você resolver seja lá o que for que te impede de ficar com o Benjamin, antes que ele faça alguma besteira, como se casar com uma garota como eu, quero dizer, uma garota cheia de esperanças, mas que ele não vai conseguir amar. E aí ele vai fazer essa garota infeliz. Não vou ser eu! Eu caí fora! Mas gosto muito do Benjamin. Ele é um cara decente, tipo pra casar. Coisa muito rara de se encontrar. Eu quero o bem dele. E é impossível não ver que ele sofre por sua causa!

— Então, você veio para me dizer...

— Pra você procurar por ele! Não deixa ele sair da sua vida! Você vai se arrepender!

Marta concordou com a cabeça. Seu ar era pesaroso. Sentia-se humilhada e ao mesmo tempo, exaltada. Ouvir de outra mulher que Ben não poderia amar outra senão ela? Como ela deveria se sentir? Orgulhosa? Lisonjeada? Sim, tudo isso. No entanto, sentia-se presa a um fardo, porque não queria o peso da responsabilidade pela felicidade dele. Não podia ser verdade que ele só seria feliz com ela. *Ela*? Pobre de si mesma! Não podia fazer ninguém feliz!

— Então é isso. Espero que vocês se resolvam e sejam felizes! Porque é muita burrice esse lance de você fazendo doce com ele... Pronto, falei! Mandei a real! Agora é contigo.

Tânia ajeitou a bolsa no ombro, sinalizando que iria embora. Seu breve discurso estava terminado. Marta elevou o rosto, que estava baixo de vergonha, e encarou a moça.

— Tânia, obrigada!

Tânia apenas balançou a cabeça e foi embora, deixando uma Marta desnorteada.

Procurar o Ben? Como? Se ele não respondia suas mensagens! Ir até a casa dele? Para quê? Para dizer que aceitava seu amor? Naquele momento, ela só precisava de seu amigo. Ainda não estava pronta e talvez nunca estivesse. Procurá-lo para quê? Se não podia dar o que ele queria!

Fazendo doce? Não era frescura! A ex do Ben não tinha ideia do peso que ela carregava. Ben sabia e foi paciente. Mas ela pediu demais dele. Julgava que o rapaz provavelmente chegou ao seu limite. Não queria mais importuná-lo com seus problemas. Pedir que ele esperasse por ela não era justo! Ela não sabia se algum dia venceria seus traumas. Pedir por sua amizade, ela pediu. O silêncio dele, sua ausência de respostas

mostrava que ele não queria, não podia mais lhe oferecer sua amizade.
 Então era isso. Pronto, resolvido. Quis enganar-se, porém sentia que as palavras de Tânia iriam ecoar em sua mente e em seu coração por toda vida.
 Hello, mais sofrimento! *Bye-bye*, ilusão de que Ben seria feliz com outra garota!

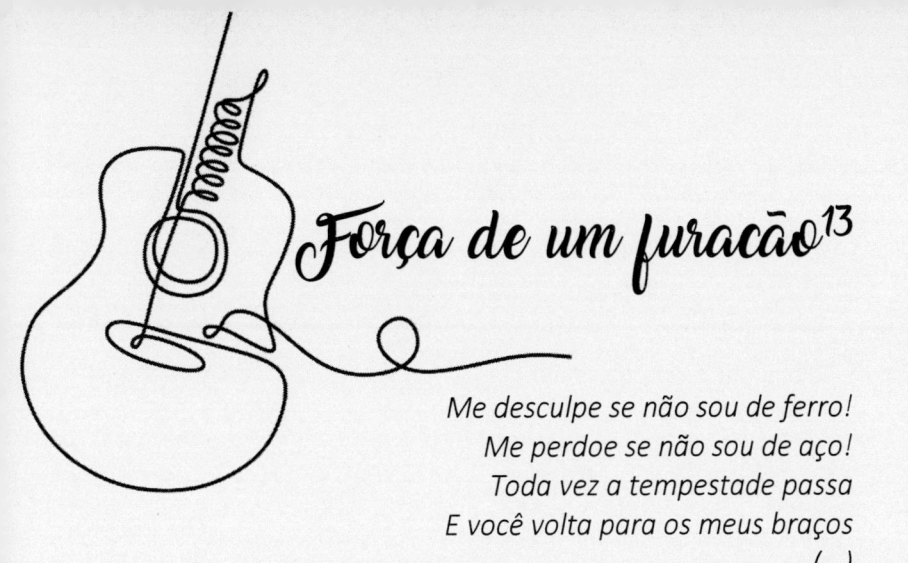

Força de um furacão[13]

Me desculpe se não sou de ferro!
Me perdoe se não sou de aço!
Toda vez a tempestade passa
E você volta para os meus braços
(...)
O amor é bem mais forte que a força de um furacão!

Ela entrou como um furacão no meio da tarde. Mal ele abriu o portão da casa de seus pais, ela correu para dentro e quando ele adentrou a casa, ela já estava em seu quarto. Ele quis inquirir por que ela tinha entrado daquele jeito, sem nem ao menos um cumprimento, como se fugisse de algo ou corresse obstinadamente para um destino inevitável. Olhou para ela, sentada em sua cama e não conseguiu dizer nada naquele instante, prisioneiro que ficou da visão que ela representava.

Linda. Mais do que nunca. Seu cabelo estava mais longo do que de costume e encaracolado. Solto e rebelde, dava-lhe o ar selvagem que ela sempre teve de uma forma ou outra. Ela tinha cílios longos naturalmente e seu rosto moreno carregava, paradoxalmente, um ar de inocência e sensualidade ao mesmo tempo.

Marta parecia afogueada e pensativa, como quem toma uma decisão importante, mas hesita no último instante. Ela respirou fundo. Benjamin ficou apreensivo e esperançoso. Manteve-se de pé em atitude hostil.

---

[13]**FERNANDO E SOROCABA** (Cantor; compositor: Sorocaba) "Força de um furacão". In: **Vendaval**. Universal Music 2009. CD.

— O que você tá fazendo aqui, Marta? — ele finalmente perguntou. — Por que você entrou desse jeito? Aconteceu alguma coisa? — Sua preocupação era real.

— Fiquei com medo de você não me deixar entrar. De me expulsar — confessou de cabeça baixa, num fiapo de voz.

— Por que eu não te deixaria entrar? — questionou, falando sério, devagar, como se falasse com uma criança.

— Porque eu sei que tá com raiva de mim. Não responde minhas mensagens.

Silêncio. Ela ergueu olhos enormes para ele, cheios de promessas nunca feitas, de desejos não saciados e de um vínculo profundo com a alma dele, algo que ele não podia compreender em um nível lógico e intelectual. A razão não dava conta da equação química entre os dois, muito menos do laço intrínseco, explicável talvez apenas por elementos cármicos. Ele podia se perder naquele olhar, submergir no mar castanho, com poucas chances de naufragar.

Respirou fundo. Precisava controlar as emoções e salvaguardar seu orgulho. Afinal, desde o encontro no shopping, ele se mantinha firme, mesmo ante as súplicas dela. Ficou impassível diante de coraçõezinhos e outros gifs, *emojis* ou figurinhas carinhosas, que ela lhe enviava com as mensagens, pedindo para que voltassem a ser amigos. Todavia, ele não queria a amizade dela. Ponto.

Aquela presença em sua vida o torturava. Era preferível que Marta sumisse e o deixasse em paz! Contudo, ali estava ela. A alça do sutiã aparecendo por baixo da blusa de alcinhas, desviando perigosamente a atenção dele. Era preciso reagir a toda aquela atração indesejada.

Amizade. Era tudo o que ela queria. Ele adoraria ser capaz de manter seus sentimentos nesse patamar. Seria tão mais simples!

— Eu não estou com raiva de você! — forçou-se a dizer.

— Então, por que não respondeu minhas mensagens? Eu sei que você visualizou cada uma delas! — queixou-se. — Quando aparecem as barrinhas é porque a pessoa visualizou!

A explicação era desnecessária. Todos sabiam daquilo. Mas ela precisava desabafar e continuou tagarelando.

— Nem quando eu perguntei dos seus pais! Ora, você pode me odiar, mas seus pais são quase meus também! Dona Elza é quase uma mãe para mim. Você não pode me impedir de...

Cadê eles? — interrompeu-se ao lembrar que eles pareciam estar sozinhos.
— Eles viajaram este fim de semana.
— Ah.
A consciência de que estavam sozinhos na casa pareceu desconcertar os dois.
— Tá, Marta. É, talvez eu tenha ficado com raiva.
— Por quê?
— Por quê?! — repetiu ele exasperado. — Você realmente quer que eu diga?
— Eu sei que eu...
— Você quer ser minha amiga? — falou entredentes, carregado de ironia. — Então, o mínimo que uma amiga de verdade faria pelo seu amigo era ter ido à formatura dele!
— Eu sabia que era isso...
— Sabia? É mesmo? — Ele era puro sarcasmo. — Você acha pouco? Caramba, Marta! Você sabia o quanto era importante pra mim! Você me conhece desde quando eu era um pirralho que só sonhava em entrar para a Marinha! Você mal ou bem viu o quanto eu ralei! Sabia o quanto eu me dediquei para passar na prova e depois, lá dentro, para me formar! O mínimo! O mínimo que se espera de uma melhor amiga é que ela esteja lá para você nos momentos mais importantes da sua vida! Nem que fosse como retribuição. Afinal, eu fui à sua formatura!

Marta, a essa altura, chorava copiosamente. Ele não se importou. Queria feri-la o tanto quanto ela o feriu. Continuou:
— Eu fui à sua formatura! Eu coloquei um anel no seu dedo, tirei fotos com você e... Que droga! Eu segurei a sua mão e fiquei com você quando o miserável do seu pai apareceu!

Marta chorava de soluçar. Mas ele não havia terminado ainda.
— Eu fiquei com você até o fim. Te levei em casa. Te abracei. Te dei apoio. Então, você pode chamar de egoísmo, mas eu esperava algo em troca! Poxa, Marta! Naquela festa de formatura a gente se beijou! A gente tinha um acordo! Ficantes, lembra? Parecia que a gente tinha se entendido! Mas parece que o palhaço aqui entendeu tudo errado. Você está reclamando porque eu não respondi às suas mensagens por um mês ou mais? E as que eu mandei depois daquela festa? No dia seguinte você evaporou. Nas duas semanas antes da minha formatura você sumiu. Nem uma palavra. Eu mandei MUITAS

mensagens. Eu liguei MUITAS vezes! Eu parei de mandar mensagens depois da formatura e nem depois, por meses, quase um ano, nesse tempo todo, NADA de você! Então aguenta o seu próprio remédio!

Marta tinha coberto o rosto com as mãos e prosseguia em choro doloroso e discreto.

— Você só começou a me mandar mensagens de novo depois que me viu com a Tânia no shopping! Pra quê? Pra infernizar minha vida? *Ah, ele agora tem uma namorada! Eu não quero nada com ele, mas deixa só eu estragar tudo! Vou acabar com o namoro dele!* Foi isso que você pensou? Que você não me quer, mas também não quer que ninguém me tenha! E por causa da merda das suas mensagens a Tânia terminou comigo! Por sua causa! Então me desculpa, mas eu estou com raiva de você, sim!

Ele bufou e depois inspirou e expirou pesadamente. Terminado o seu desabafo, olhou para a criatura chorosa à sua frente. O rosto dela estava totalmente vermelho, assim como os olhos e, especialmente o nariz, que ela assoava com as mãos.

Ele a fizera chorar e ainda assim permanecia inflexível. Cruzou os braços e armou uma carranca. Olhava para ela como um juiz severo que avalia o criminoso. O delito era contra o seu orgulho.

Ela continuava a soluçar, o choro se intensificando. Raios! Ele não era insensível! Aos poucos, seu orgulho ferido foi sendo aplacado pela contrição ruidosa de seu algoz: aquela moça linda que ele não conseguia parar de querer.

Lembrou-se da formatura dela, de quando pensou em perdão para o pai de Marta, que ela deveria *desculpá-lo para ser livre*. Hipócrita ele. Como ele ousava pensar que ela deveria perdoar um pai verdadeiramente agressor, se ele próprio não conseguia desculpá-la pelo fato de ela não ter ido à formatura dele? Ou de ter sumido por meses. Mesquinho. Pequeno. Sim, sabia que era assim que estava se mostrando. Mas que diabos! Aquela mulher tirava a sua capacidade de raciocínio! Perto dela, ele era pura emoção.

Respirou fundo mais uma vez. Bastava de humilhá-la. O tanto que ela chorou amansou sua ira e aplacou seu orgulho ferido. Sentou-se ao lado dela na cama e a abraçou. Ela não se retraiu. Ao contrário, aninhou-se nos braços dele, escondendo o rosto em pranto no peito amigo.

— Shhhh... Shhhh... Tudo bem! Não precisa chorar mais!
Foram longos minutos assim, grudados um ao outro, com o choro dela diminuindo gradativamente até cessar.
— Desculpe! É que eu fiquei muito magoado. Mas tudo bem. Vamos ficar bem!
Ele acariciou os cabelos dela. Lentamente, desceu suas mãos para erguer o rosto dela e se afastaram o suficiente para ficarem face a face. Ele passou os dedos suavemente por cima das pálpebras de sua amiga e por toda a sua face, secando a umidade salgada do pranto derramado.
— Melhor? — Ela confirmou com a cabeça. — Então está tudo resolvido. Sem ressentimentos. Podemos voltar a sermos amigos.
— Mas você disse que não queria...
— Esquece o que eu disse. Era a mágoa falando. Eu quero, sim, que a gente volte a ser amigo. Afinal, a gente se conhece desde criança. Você dormiu aqui, lembra? Nesta cama — asseverou, indicando o local em que estavam sentados com um gesto de cabeça. Era a mesma cama. Madeira da boa, aquilo ia durar a vida toda... — No primeiro dia em que nos conhecemos. Você estava...
— Fugindo do meu pai — ela completou, séria, com a expressão de reminiscência.
— É — concordou, sem querer levar o assunto para aquele lado. — E você dormiu comigo aqui, vestindo uma camiseta minha... — divagava, o pensamento longe, naquele dia...
— Eu me lembro de como ela era cheirosa e limpinha — comentou a moça, num fiapo de voz.
A dor da lembrança que trazia implícita a memória de que ela frequentemente andava suja, porque sua mãe não cuidava dela e nem lavava suas roupas. Deus! Ela nem mesmo fazia comida para ela. Tinha sido uma criança carente, suja e esfomeada. Como Ben pôde sentir alguma coisa por ela que não pena? Mas ele nunca lhe ofereceu caridade, era amor o que ele sempre quis pôr ao seu alcance.
Ben, no entanto, tinha os pensamentos na camiseta velha e o cheiro que ela deixou nela, que passou a ser uma relíquia para ele. Ele ainda a tinha guardada em um saco plástico, no fundo de uma gaveta. Nunca mais a usou. Só guardou, assim como as lembranças. E quantas vezes teve de esconder seu pacotinho, quando sua mãe fazia arrumação nas gavetas! É

claro que ele não ia dizer isso para ela! A situação era esdrúxula e o faria parecer um daqueles malucos obsessivos. Será? Tinha ele se tornado um obcecado?

Não. Era amor. O amor não liberta? Então, ele sempre quis o melhor para ela. Ainda que fosse longe dele.

Mas lá estava ela de novo em sua vida.

— Amigos então? — Testou ela, com um sorriso temeroso.

— Claro — concordou aliviado por haverem feito as pazes.

— E você me perdoa?

— Perdoada.

— Eu sei que não tem desculpa, mas... — Ela ficou tensa. Parecia se preparar para uma grande revelação. — Ver meu pai naquela festa acabou comigo.

— Eu sei — garantiu, com compreensão.

— Não, você não sabe — disse meneando a cabeça. Visivelmente o que ela ia dizer era muito difícil. — Eu nem levantei da cama na semana seguinte. Eu dei o máximo de mim naquele fim de festa, mas depois eu desmoronei...

— Por que não quis falar comigo? Eu sou seu amigo. Eu podia te ajudar.

— Minha mente não funciona ou não funcionava assim. Minha terapeuta me explicou: o conflito com meu pai me fez querer me afastar de qualquer presença masculina. Em algum lugar doido na minha cabeça, eu associo ficar com você, como aconteceu naquela noite, a ser novamente dependente de um homem. E no meu subconsciente, homem é igual a dominação, repressão e violência. Eu estava bem, no Ensino Médio cheguei até a namorar... Mas aí ele apareceu naquela festa e foi como uma espécie de gatilho e era como se eu tivesse nove anos de idade de novo. Não é você, sou eu, entende?

— Marta, você me conhece. Eu jamais machucaria você.

— Fisicamente, você quer dizer. Porque com sua atitude agora há pouco, você me machucou muito! — admitiu, com pesar.

Benjamin entendeu que fora egoísta, pensando apenas em sua dor, olvidando o passado e as agruras de sua amada. Ele talvez tivesse superestimado a capacidade emocional dela. Estava evidente que ela não tinha superado.

— É, desculpa por isso.

— Eu sei, Ben. Você é um doce. Eu não agi bem. Por mais que eu estivesse mal, você merecia pelo menos uma palavra minha — admitiu.

— É, esse foi o ponto — elucidou, embora agora se constrangesse de ter se mostrado tão enfurecido. — E mais uma vez: eu não sou seu pai e você deveria saber disso.

— Eu sei, Ben. Sei que você não tem nada a ver com ele. Ao menos, a minha mente consciente sabe. O problema é a parte não tão consciente, que me afeta fisicamente. Às vezes, fico paralisada, entro em pânico. Aquele infeliz me traumatizou pra valer — confessou, em substanciosa tristeza.

Ele a abraçou de novo. Um abraço curto, porém, inteiramente reconfortante.

— Eu queria matar o canalha por isso! — extravasou o rapaz, deveras compungido.

Ela sorriu em gratidão.

— Ele voltou a incomodar você? — perguntou, alarmado, subitamente se lembrando da possibilidade.

— Não, nunca mais vi. Ainda bem, a distância dele me faz bem. Eu fiz alguns progressos com a terapeuta. Mais uma vez agradeço a indicação.

— Que bom!
— É.
—Tá, é. Eu posso te ajudar em mais alguma coisa, Marta?

Ela levantou o rosto para ele e mordeu os lábios. Era a chance que esperava. Não podia desanimar.

— Então, na verdade... Eu vim para a gente fazer as pazes. Mas tem outra coisa que eu queria te pedir. Eu venho pensando muito no assunto e acho que só você pode me ajudar.

— Qualquer coisa — afirmou com um sorriso, feliz por poderem voltar às boas.

— Ben, eu preciso tomar coragem pra te contar uma coisa e fazer esse pedido. E eu estou morrendo de fome...

— Um lanche? — ele sugeriu.

Estava curioso por saber o que ela lhe pediria e o que tinha para contar, no entanto, ficaria feliz, por hora, em alimentá-la, como sempre fez desde a infância. "Marta, a coisinha esfomeada". Era com bom humor e carinho que pensava na peculiaridade da amiga.

— Não é o meu pedido especial, mas de barriga cheia, acho que vou me animar mais. E vou tomando coragem.

O que seria? Ben começava a ficar ansioso.
— Você sempre foi uma esfomeada! — comentou brincando.
— E quando íamos à padaria comprar picolé, lembra? Você não se contentava com menos de três...
Ele se levantou e estendeu a mão para ela. Ela aceitou e ele a ergueu.
— Vamos dar um pulo na cozinha. Acho que dá para improvisar uns sanduíches.

———————— ♪ ————————

Comeram com vontade sanduíches de presunto com queijo e tomaram suco de caixinha. Depois, Ben lavou os copos e Marta foi ao banheiro. Em seguida, ela voltou ao quarto dele, sem dizer palavra, ele a seguiu. Ficaram frente a frente no centro do aposento.
— E aí? — indagou ele. — O suspense está me matando.
Ela inspirou e expirou pesadamente.
— Tá. Eu vou dizer.
Mais silêncio.
— Tá me matando, Marta.
E ela então despejou de uma vez, com a fala rápida e atropelada:
— Eu quero te pedir para tirar minha virgindade.

Amor de alma[14]

Aquele nosso beijo
Beijo de amor
Amor que não se faz por aí
Amor de alma
Amor que acalma
A alma

Ele pensou não ter ouvido direito. Não podia ser. Ele imaginou. Ela não...
— Hein? Eu não entendi. Você...?
— Você vai me fazer ter que repetir? — Não era bem uma pergunta, era mais um lamento, que ela expeliu, levando as mãos ao rosto para encobrir sua vergonha.
— É que eu acho que eu não escutei direito.
É, ela teria de repetir e ele precisava se certificar de que tinha escutado o que pensava ter escutado.
Ela abaixou os braços, numa postura de derrota, olhou para ele, fez uma careta e soltou um gemido, antes de confirmar.
— Você escutou, sim. Eu disse que quero que você tire a minha virgindade.
Ele a encarou em silêncio por um tempo que pareceu longo demais a ambos. Simplesmente ele não estava conseguindo processar aquela informação.
Como assim?
— Marta, você é virgem?
Precisava confirmar. Embora ele nunca tivesse pensado a respeito, talvez porque jamais tivesse conseguido imaginá-la com um homem. Mas ela namorou no Ensino Médio, não é?

---

[14] VICTOR & LEO (cantor; compositor: Victor Chaves) "Amor de alma". In: **Ao vivo em Floripa.** Som Livre, 2012. CD e download digital.

— Da-ã! Ben! Se liga! Traumas de presenças masculinas, lembra? Se eu tenho medo de você, imagina de um desconhecido...

— Você tem medo? De mim? — Foi o que ele conseguiu registrar de imediato, porque o feria.

— Não é lógico, não é raciocinado — explicou ela.

— Tá, mas que ideia é essa de...? Seu pai alguma vez...?

— Não! Deus! Isso não! Só as pancadas já foram o bastante!

— Graças a Deus! — completou, aliviado. Ele nunca antes pensou na possibilidade e a mera cogitação lhe tinha trazido um mal-estar terrível. — Mas, Marta, e os seus namorados?

— Ah, Ben! Foram só uns beijinhos. Nunca me animei a mais que isso.

Ele quase suspirou de alívio. Conteve-se, entretanto. Lembrou-se de que houve um tal de Lucas e só de pensar naquele nome sentiu um ódio visceral.

— Minha terapeuta sugeriu que se eu tivesse mais intimidade com alguém do sexo oposto, eu poderia superar o trauma de achar que todo homem...

— Vou matar essa mulher! — bradou Benjamin, não se importando com o que Marta pensasse daquilo.

Ele preferia que ela fosse para um convento, se não pudesse ser sua. Mas ela estava ali pedindo para ser dele, não é? Algo não estava certo naquele pedido...

— Marta, não é assim que se faz. Se você queria, não era para chegar pedindo...

— Não? Então como? — Conseguiu ter coragem de perguntar, embora estivesse coberta de opróbrio, vexada como nunca antes, em face do amigo.

Aquilo estava mesmo acontecendo? A garota com quem ele sempre sonhou estava ali diante dele, oferecendo-se? De uma forma extremamente direta ao ponto, ele reconhecia, mas ainda assim, ela estava ali para se entregar a ele. De repente, o quarto pareceu muito quente e ele sentiu uma intensa secura nos lábios, instintivamente tendo que passar a língua por eles. Estava acometido de desejo, era evidente. Toda a situação, a intimidade do quarto, a solitude da casa e o pedido pouco ortodoxo da amiga só podiam conduzir os pensamentos de um jovem de vinte anos a uma direção: a da volúpia.

— Você podia me beijar — falou, chegando próximo a ela, com a voz rouca, sentindo a atração crescer, embora algo naquela situação piscasse luzes vermelhas, sinalizando uma armadilha. — A gente ia esquentando o clima e as coisas aconteceriam naturalmente... — sugeriu de forma sexy e ousada.

Ela deu um passo para trás, aumentando a distância entre eles.

— Ben, eu tenho medo de surtar no meio, por isso eu precisava te avisar e... Tem que ser um risco calculado.

Ele entendeu, só não sabia se havia compreendido tudo. Havia algo naquela história que parecia bom demais para ser verdade. "Quando a esmola é muita, o santo desconfia".

— Meu bem, eu teria todo o cuidado com você. — As palavras saíram tão carinhosas, que ela sentiu uma onda de afeto por ele. Ele dera um passo até ela e estavam bem próximos novamente. — Uma coisa dessas, Marta, tem de ser devagar... — sussurrou, com um tom sensual, perto do ouvido dela. — Vamos começar namorando, a gente sai algumas vezes. Podemos nos beijar e...

— Não, Ben, você não está entendendo! — grunhiu, em súplica, afastando-se dele mais uma vez. — Não estou pedindo para você me namorar, só para... você sabe.

— Meu bem... — De novo aquela expressão nos lábios dele. Ele nunca a usara para ela antes desse dia e aquilo parecia próximo, íntimo e perigoso o bastante para a sua alma feminina se deixar encantar e abaixar as defesas. — Uma coisa leva à outra. E tudo o que eu sempre quis, todos esses anos, foi uma chance com você.

— Você quis?

Ela sabia, mas nunca entendeu o que Benjamin Franklin de Assis, o garoto mais bonito e mais inteligente do bairro, o magnífico Ben, poderia querer com ela. Ela nunca se considerou digna dele. Sentia-se grata por sua amizade, que para ela já era muito. Mas tê-lo todo para si? Ela? A peste? O fiapo humano? A Marta de trapo? O hematoma ambulante? A garota malvestida e mal penteada a infância toda e em parte da adolescência?

Ele era bom demais para ela quando era apenas um menino! Imagine agora que era um homem lindo e forte! Com todos aqueles músculos que ele tinha ganhado ao longo dos anos, com certeza com os exercícios que a Marinha o obrigava a fazer! Ele era um militar de carreira! E quando se formasse dessa vez, seria oficial. Era o sonho de toda mulher e para ela, ele era uma quimera. Contudo, o mais apavorante é que ele a queria. Ela só precisava dizer sim e ele seria dela.

Era tão simples. Ele disse que a amava tanto tempo atrás. Ele sugeriu que se casassem quando eram apenas crianças. Um sonho dourado, o amor de infância e o "felizes para sempre". Do que ela tinha tanto medo?

Que desse errado, tá. Dava errado para tanta gente! Divórcios estavam por aí por toda parte para provar. Só que ela não queria que desse errado. Não com ele. Deus! Ela o amava tanto! Queria tanto vê-lo feliz! O problema era que ela não se sentia capaz de ser a pessoa que o faria feliz. Porque ela era a Marta de trapo, a peste. Maldito fosse o Seu José! O desgraçado conseguiu fazer com que ela acreditasse que não prestava, que não valia nada...

Certas palavras podem ferir infinitamente mais que bordoadas. E, ao contrário dos hematomas, que sumiam, elas ficavam registradas em seu cérebro, ou seria em seu coração remendado? Pior. Em sua alma.

A sensação de que não era boa o bastante, que em algum momento, Ben perceberia isso e a desprezaria era apavorante. Todavia, poderia ser merecedora de passar uma noite com ele. E era tudo o que ela desejava. Queria ser dele pelo menos uma vez. E precisava ser logo, porque em breve ele podia encontrar uma garota incrível a quem fosse fiel e ela não teria nem mesmo sua primeira vez com o amor de sua vida.

Sua experiência lhe mostrou que toda vez que ela se afastava, ele arranjava uma garota. Teve a Larissa e depois a Tânia. Antes que a próxima menina perfeitinha surgisse, ela precisava ter sua chance. Não a chance real que ele queria, mas aquilo que ela aceitava ser possível. Era pouco provável que ele a amasse por toda a vida sem se decepcionar, porém, poderiam se amar verdadeiramente por uma noite.

É, pelo jeito ela precisaria de muitos anos mais de terapia...

— Eu não só quis, querida. Eu ainda quero.

Lá estava ele, abrindo novamente seu coração, presenteando-a com vocativos carinhosos: "meu bem", "querida". Quem a tinha chamado assim? Na vida? Tudo que ela recebeu que tenha mais se parecido com amor ela conheceu com ele e a família dele. Casar-se com ele seria legitimar aquela família como sua. Ah! Uma vida perfeita. Ela poderia sonhar?

— Ben, eu não posso te pedir muito, então...

— Para de bobagem, Marta! Não vem me dizer agora que você só quer transar comigo uma vez. E depois? A gente faz de conta que não aconteceu e continua amigos? De amigos que ficam e trocam beijos, vamos passar a amigos que transam? Esse é o seu plano?!

— Não! Não sei. Mais ou menos. — Ela estava confusa.

— Você não pensa direito, Marta. Olha só. Vou te dizer o que vamos fazer. Nós vamos sair algumas vezes. Eu vou comprar um anel de compromisso. E a gente volta aos beijos. E quando estivermos prontos...

— Tem que ser hoje! — A voz saiu desesperada. Ela olhou pela janela e viu que começava a anoitecer. — Tem de ser esta noite! — exclamou, catedrática.

A urgência na voz dela surpreendeu Benjamin. Ele a examinou minuciosamente, tomado novamente por aquela sensação de que algo estava errado. Por que a pressa?

— Por que a pressa? — externou seu pensamento, cheio de desconfiança.

Ela o encarou por alguns instantes, depois abaixou o olhar. Ela precisava contar.

— Eu fiz o ENEM de novo, no final do ano passado. E eu passei para uma faculdade. É o curso que eu queria: Farmácia. Só que a faculdade fica em Goiânia. É a Universidade Federal de Goiás. Minha vó tem uma prima que mora lá nessa cidade e eu vou ficar com ela até conseguir um alojamento, arrumar algum emprego...

Ben não sabia o que dizer. Parabéns? Adeus? Embora feliz pela notícia do sucesso dela, contraditoriamente, sentia-se arrasado.

Ela estava indo embora. De novo. Para longe. Por anos!

Como ele permaneceu em silêncio, ela decidiu prosseguir.

— Aqui no Rio esse curso é muito concorrido e é quase impossível passar e eu não sou tão brilhante quanto você. Eu nunca conseguiria uma vaga numa universidade pública aqui no Rio.

— Eu acho você muito inteligente e se tentasse mais... Mas eu entendo, não sei o que dizer... Parabéns! Eu realmente fico

feliz pela sua conquista. — Ele engoliu em seco. — Mas o que você está me dizendo é que vai sair da minha vida de novo.
— Por um tempo...
— Faculdade leva quatro anos.
— Na verdade, nesse curso são cinco — corrigiu, meio sem jeito.
— Cinco anos... — Ele pareceu distante, pronunciando as palavras como num lamento.
— É uma boa universidade. E para alguém como eu, com minha origem...
— Representa muito.
Ele sabia. Claro. Marta vinha de uma família pobre em todos os aspectos. Uma faculdade pública representava muito para ela. Mas ainda assim...
Ele pensou e pensou e... Só o que poderia fazer era lhe oferecer uma comemoração. Era a coisa certa a fazer.
— Vamos a um restaurante comemorar e...
— Nós nos entupimos de sanduíches — lembrou-o.
— É verdade — reconheceu. — Podemos ir um pouco mais tarde.
— Eu vim me despedir de você, Ben. Eu queria que passássemos a noite juntos.
— Entendi.
É, ele havia compreendido tudo. Ela ia embora. Era um bom motivo. A grande chance na vida dela, sem a qual continuaria sem uma qualificação profissional. Ela era muito inteligente e merecia mais. Ele sabia. Sensacional que tivesse conquistado aquela vaga. E ela não quis partir brigada com ele e, mais, queria que se fosse a última vez que se vissem, pudessem ter uma noite juntos. Ela queria que ele fosse seu primeiro, talvez o único. Ele se sentia lisonjeado e ao mesmo tempo dilacerado. Tê-la para perdê-la em seguida. Seria possível suportar?

Ao mesmo tempo, como deixar passar aquela chance? Como não se permitir momentos, mesmo fugazes, que fossem de prazer? Não qualquer prazer! Seria um gozo da alma. Fazer amor com a mulher que amava, o amor de sua vida, amor de alma. Já ouvira várias vezes que o pior arrependimento era o das coisas não feitas, não ditas, não resolvidas.

Que se arrependessem! Mas de ter se amado!

Talvez pudessem manter o relacionamento a distância... Com certeza ele faria tudo para dar certo! Por sua Marta ele esperaria cinco anos, desde que ela esperasse também. Podia viajar para Goiânia nos fins de semana para vê-la. Compraria passagens de avião para ela vir ao Rio também. Podiam ficar juntos nas férias. Chamadas de vídeo, muitas mensagens e ligações. Era um plano. Já era quase uma decisão. É, estava rendido. Ela o queria e ele já se consumia, sequioso. O que o incomodava era que fosse tão sem glamour. Queria que jantassem em um restaurante caro, que fossem a um lugar lindo, que... Mas a praticidade e temor por uma desistência da parte dela o fez pensar: "Que se dane!"

Sem tirar os olhos dela, ele foi até a porta e a trancou. Olhou para sua cama de solteiro. Ela parecia pequena e inadequada, porém, teria de servir. A mesma cama onde haviam dormido juntos ainda crianças, embalados pelo sentimento inocente de empatia e a pureza da infância. Seria quase uma profanação. Não, corrigiu-se mentalmente. Seria a evolução natural de um querer. Simpatia, amizade, paixão, amor. No momento, amor e paixão se confundiam e se completavam, quase impossível se distinguirem.

Ela olhava para ele em silêncio e agonia. Ele foi em direção a ela. Não havia mais dúvida. Todo ele exalava decisão, o que o tornava ainda mais irresistível para ela. O olhar predador que ela viu no rapaz a fez tremer. Tremor e expectativa. Medo e desejo. Abriu os lábios e balbuciou algumas sílabas sem nexo. Segundos depois, sua boca estava coberta pela dele.

Benjamin a beijou com apetência, numa amálgama de tudo o que nutria por ela. Em sua mente se passaram todos aqueles anos, as cenas de seus encontros e cada sensação, cada pulsar acelerado de seu coração, cada agonia e rejeição até fundir tudo: imagens, palavras, toques, sons e sentimentos.

E, súbito, sua mente se esvaziou e apenas havia o momento em questão, todos os seus "átomos"[15] concentrados naquele ato físico, o primeiro de uma consagração. Todas as "idas e voltas" daquele amor que era "ouro" os levaram até ali. Sim, porque "tinha que ser ela" e tinha que ser ele, tinham que ser

---

[15] A palavra "átomos" é a primeira de uma sequência que aparece nesse parágrafo, entre aspas, fazendo referência aos títulos de todos os capítulos anteriores, que também são títulos de canções sertanejas. Quis deixar aqui a explicação, para os leitores mais desatentos não perderem esse sentido no texto.

os dois, feitos um para o outro. Eles "queriam sim" "a verdade" daquele relacionamento, com o qual ambos viviam "sonhando", e "aí, já era", era hora de se entregar.

Não, ela não "poderia ir embora", não sem antes deixar sua marca definitiva nele, sem que estabelecessem uma ligação material tão forte quanto seus laços espirituais. Por isso ela havia entrado em sua casa e em seu quarto com a "força de um furacão", tanto nesse dia quanto há dez anos. E não havia dúvida de que seria avassalador, salutar e genuíno, porque era "amor de alma".

E assim, alternando beijos suaves e curtos com outros mais intensos e longos, e mordidas tênues nos lábios, foram evoluindo em carícias. Um toque ali, outro aqui... Revezamento de beijos nos lábios para beijos no pescoço, corpos cada vez mais unidos e sincrônicos, numa espécie de dança.

— Eu te amo — sussurrou ele ao ouvido de Marta.

— Também te amo! Muito. Benjamin Franklin, eu te amo tanto, tanto! — ela asseverou, sem nenhuma reserva, precipitando-se de vez naquele momento de entrega, que vinha de seu âmago.

— Eu sei — concluiu com um riso baixo de satisfação. Nem o fato de ela ter dito seu segundo nome o incomodou. Que dissesse! Aquele era seu nome e na voz de Marta soava muito bem. — Mas é muito bom ouvir, sua mulher teimosa!

Ela sorriu e se aninhou ainda mais nos braços dele. Só precisava conferir uma coisa.

— Ben, você me ama mesmo? Tem certeza?

Ele segurou o rosto dela com as duas mãos, fazendo com que ela olhasse diretamente para ele.

— Marta, eu tenho certeza disso desde que eu tinha onze anos de idade. E só não te falei na época, porque sabia que você ia se assustar, como se assustou depois, mesmo estando bem mais velha...

Ela deu um soquinho no ombro dele, pelo que ele insinuou sobre a falta de maturidade dela.

— Eu te amo, Marta! Eu tenho certeza. Nunca vou te abandonar, nunca vou te machucar, nunca vou te negligenciar...

Aquilo doeu. De um jeito bom, mas doeu. Porque era tudo que ela mais temia. Foi o que sofreu durante sua vida: abandono, machucados, negligência. E ele sabia. Tão bem, que quis asseverar a ela que não ia mais acontecer. Era reconfortante, porque ela acreditou. Ele era tão bom e verdadeiro! E ele estava ali a lhe dar garantias, a dizer o que ela precisava ouvir.

Como não amar aquele homem? Sim, ela ia se arriscar. Teria aquela noite e tudo o mais que ele quisesse, ou pudesse lhe oferecer. Ela abriu um sorriso de reconhecimento e foi a vez de ela de beijá-lo.

Entre abraços, beijos e carícias, acabaram tombando na cama, onde deram extensão aos afagos. A intimidade crescendo, as roupas sumindo e a paixão envolvendo seus corpos. De forma natural, embevecidos de prazer e desejo, foram levados à concretude de seu amor. E a sensação final era avassaladora. Era como se estivesse escrito, era um desígnio.

─────────── ♪ ───────────

Mais tarde, ele realizou sua aspiração de levar Marta a um restaurante bacana. Como ela tinha fome quase todo o tempo, não demorou muito para que os sanduíches fossem digeridos, ainda mais depois da atividade física que tiveram.

Um dos restaurantes mais badalados da região ficava justamente em sua cidade, bem próximo de onde morava. Foram caminhando, sob uma lua minguante linda e de mãos dadas. E tudo em que Benjamin pensava era que podiam ter feito isso bem antes. Quanto tempo separados! E agora só tinham aquela noite de sábado, que já estava na metade. Ela partiria no domingo.

O cardápio era na linha de petiscos, hambúrgueres e sobremesas gourmet. Comida simples transformada em luxo. Talvez por isso houvesse até fila para entrar no restaurante. Benjamin odiava filas, no entanto, o fato de estar abraçado a Marta deixava tudo com uma atmosfera de encantamento. Sentia-se num sonho. Poder andar de mãos dadas, abraçar e até escandalizar em público, com pequenos beijos nos lábios de sua namorada lhe dava sensação de plenitude com que sempre fantasiou. Era um homem afortunado, pensou. Finalmente. Não queria ainda pensar no dia seguinte. Haviam de dar um jeito. O imprescindível era viver aqueles momentos.

Entraram no restaurante após a espera de meia hora. Conseguiram uma mesa pequena, de canto. A decoração era sofisticada, com muito preto e castanho, toques de vermelho e luzes indiretas. Pediram o contrafilé com fritas e refrigerantes, brownie de morango e taças de sorvete com calda de chocolate branco, de sobremesa. Na verdade, Marta pediu. Benjamin se contentou em, sorrindo, vê-la saborear a escolha, sim, porque ela parecia se deliciar em esfaimada antecipação só em pronunciar os nomes dos pratos.

— Você se lembra da Fabiana, do Karatê? — ele perguntou, displicentemente, querendo levar o assunto para longe da partida de Marta no dia seguinte.

— Aquela que batia em todo mundo? A alta? Sei — respondeu entre uma garfada e outra.

— Ela teve um bebê. A galera do Karatê antiga foi lá ver semana passada.

— Já? Ela era tão pouco mais velha que eu... Você ainda treina?

— Sozinho. Meu ritmo lá na escola é bem pesado, não sobra muito tempo nem disposição. Você?

— Ah, você sabe... Uma vez karateca, sempre karateca. Também treino uns chutes e katás, sozinha. — Ela ainda poderia precisar socar a cara de alguém algum dia, para não ser machucada de novo...

— Tenho saudade de treinar com você. Na verdade, tenho saudade de tudo com você...

— Eu também. Você sabe, foram os melhores momentos da minha vida, principalmente quando a gente era criança...

— Imagino.

— Eu contava os minutos para ir para sua casa e torcia todos os dias para você sugerir ir comprar picolé.

— Você sempre foi fácil de comprar com picolé... — comentou, brincalhão.

— E qualquer comida, né?

Ela pareceu refletir por um instante. De certa forma se envergonhava daquilo. Ela vivia com fome, porque pouco havia em sua casa para comer. Mais uma lembrança acre dos dias pesados do passado. Não que também fosse muito diferente na atualidade. Sua avó não deixava faltar o essencial. Mas era aquilo: só o essencial. Viviam com pouco, faziam economia, comiam sem luxos.

— Marta, eu sei o que você tá pensando. — Ele foi perspicaz. — Mas eu sempre adorei ter você por perto. Para mim e para minha família sempre foi bom ter você como convidada às

refeições. Não fique pensando que era caridade, você entende isso? Tire esse tipo de pensamento da cabeça.
— Desculpe, Ben! Eu sei. Mas é por isso mesmo que eu preciso estudar, ter um futuro melhor, uma profissão legal para eu poder me sustentar bem, ser independente. Você entende, né? Não quero mais passar por privações na minha vida.
— Claro que entendo e é por isso que vou te dar força para ir para Goiás, mesmo ficando a quilômetros de distância de mim. Não sou um neandertal, não quero uma esposa do lar. Quero que ela tenha vida própria, uma profissão, carreira, independência...
— Esposa? — sussurrou a pergunta mais para si que para ele. Aquilo era muito sério. —Estamos falando de casamento agora? Você sabe como já me assusta a palavra "namoro" e "compromisso" e aí você já dá um salto.
Ela não conseguiu evitar a contestação.
— Marta, quando eu penso em você, eu penso em futuro. Não tem incerteza nem dúvida para mim. Eu sempre soube que você era a mulher da minha vida. Agora então, que compartilhamos momentos de intimidade! Marta, para mim, você já é minha mulher. Só formalidades virão agora. Eu vou esperar o tempo que for, mas eu preciso que nós tenhamos um compromisso.
— Isso é assustador — confessou.
— Não para mim. Na verdade, eu queria me casar com você amanhã!
— Que louco! — comentou rindo.
— Eu me sentiria bem melhor se você já fosse minha esposa quando viajasse. Morro de medo de você sumir de novo. Você tem que me prometer que não vai desaparecer, que não vai me ignorar. Tem que responder a todas as minhas mensagens, atender às ligações, quero contato total!
—Tá. É claro!
— Você promete? — Ele olhou bem nos olhos dela e segurou sua mão por sobre a mesa.
— Eu juro — pronunciou sincera e solenemente. — Pela minha vida.
— Então estamos combinados.
A música ambiente que tocou em seguida era sertanejo romântico e os dois riram, obviamente se lembrando de quando escutavam os CDs da dona Elza no quarto dele.

— Você ainda curte? — perguntou ela.
— Música sertaneja? — Ele quis confirmar. Ela anuiu com a cabeça. — Claro! São as músicas brasileiras mais românticas e... a razão principal é que me lembram de você. E você?
— Fiz de tudo para parar de gostar. Igual fiz com você. Mas não deu, porque eu te amo demais e porque as danadas dessas músicas pegam você pelo pé e... Tá, também me lembro de você quando escuto.
— Você se lembra de que uma vez eu disse que tinha uma música que era a nossa? Perfeita para nós dois, que eu me identificava...
— Vagamente, eu era bem lesada e quando você vinha com conversa mole, eu preferia fugir...
— Pois é.
— Ãh?
— O quê?
— Você vai me dizer qual é, né?
— Não.
— Todo esse discurso e não vai dizer? Você esqueceu?
Em resposta, ele levantou uma das sobrancelhas.
— Ben! Fala logo! — ela exigiu, irritada, dando um tapinha no braço dele.
— Acho que não. Vou deixar você pensar a respeito e levar essa pergunta com você para Goiás.
— Você não pode tá falando sério! Como que eu vou me lembrar de uma música daquela época? — falou, queixosa.
— Então, acho que vai ter de escutar de novo... Tudo de novo — concluiu com um sorrisinho matreiro.
— Você quer garantir um jeito de eu ficar pensando em você mesmo longe, né?
— Claro, porque o sertanejo lembra a gente.
— Não, seu bobo! Porque eu vou ficar escutando tudo, pensando em te esganar por não ter me dito!
— É uma maneira.
— Benjamin Franklin! Fala agora que porcaria de música é essa! E eu aposto que nem vou me lembrar dela!
— Mais um motivo para você ter de escutar tudo de novo. Queria saber se ao escutar, você sentiria... — falou de forma tão terna, que quebrou todas as defesas da moça.
— Você é um romântico incorrigível. E eu vou bancar a boba e a brega, escutando música sertaneja sem parar.

— Vai nada! Goiás é interior, é terra de peões e sertanejos. Você vai estar adaptada!

A comida chegou. Os olhos dela voaram com voracidade para os pratos. Ela nem se importou. Que ele achasse que ela era uma morta de fome! Era mesmo e ainda assim ele a amava! Ia aproveitar! Aquilo parecia delicioso!

Te vivo[16]

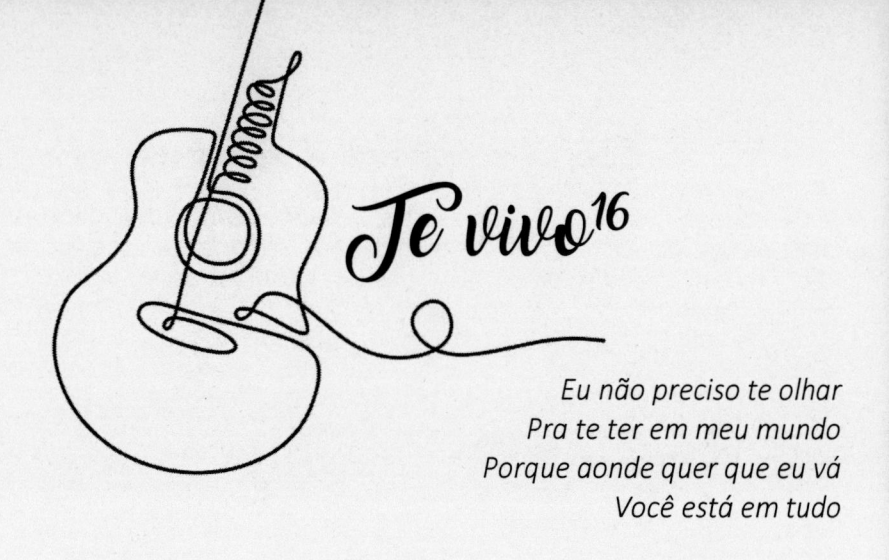

Eu não preciso te olhar
Pra te ter em meu mundo
Porque aonde quer que eu vá
Você está em tudo

Olhando pela janela do ônibus de viagem naquela tarde de domingo, Marta pensava no quanto ela tinha sorte. Para alguém igual a ela, que teve os pais que teve e a vida que teve, aquilo não era nada mal. Estava a caminho de uma universidade incrível, para fazer o curso pelo qual se interessou desde que começou a pensar em vestibular e tinha passado a noite com o amor de sua vida.

A felicidade da viagem a caminho do novo, do sonho universitário só era mitigada pela saudade que ela sentiria de Ben. Mas ele garantiu que podiam fazer dar certo. Ela acreditava nele. Ele era um rapaz persistente. Graças a Deus! Pois só assim para não desistir dela! Ela não tinha facilitado em nada para ele nos últimos anos!

Não importava. Agora estava tudo resolvido. Se conseguissem manter o namoro a distância, tudo ficaria bem. Namoro. Com Ben. Bom demais!

Na noite anterior, após o restaurante, tinham retornado à casa dele, para o quarto dele, onde se amaram por longas horas até a madrugada, quando, exaustos, entregaram-se ao sono. Dormiram juntos. Ela acordou amarrotada e atordoada às 7h da manhã, assustada com a possibilidade de ter passado da hora e perdido a viagem. O que se sucedeu foi uma correria.

---

[16] LUAN SANTANA (compositores: Santana, Servo) "Te vivo". In: **Quando chega a noite.** Som Livre, 2012. CD.

Tomaram café da manhã às pressas, para depois irem juntos para a casa dela buscar as malas e a passagem. Dona Ester não disse nada, mas lançou um olhar inquisidor e condenatório na direção dos dois. Ela somou dois mais dois e ali estavam eles. Marta tinha dito que talvez passasse a noite lá, mas eles não eram mais crianças para fazer festa do pijama...

Na rodoviária, Ben sentiu profundamente a dor da separação. Intrinsecamente temia que a distância fosse um obstáculo muito grande entre os dois. Porém, lutou contra os medos e se fortaleceu na esperança, afinal, pela primeira vez, tinha uma promessa e um compromisso da parte de Marta. Ela foi sua e daí para diante era assim que teria de ser. Os dois eram certos um para o outro, disso ele tinha absoluta convicção. E por mais insólito que soasse, ele sabia, desde o momento em que ela tombou sobre as rosas de sua mãe no quintal. Era como se estivesse escrito nas estrelas, sabe-se lá! Destino? Encontro cármico? Fosse como fosse o nome que se desse àquilo, o que ele sabia em seu imo era que suas almas precisavam uma da outra, ao menos naquela existência.

Assim ambos mantinham o pensamento um no outro, apesar da distância física que aumentava a cada quilômetro percorrido por aquele ônibus. Marta baixou algumas músicas sertanejas desde 2006 para escutar e olhou várias vezes para as fotos que tiraram no restaurante na noite anterior.

E ainda não tinham parado de mandar mensagens um para o outro.

"Te amo!"

"Também te amo!"

Carinha feliz, corações, carinha com beijo...

Algumas horas depois, ambos cansaram, a vida seguia. Marta ficou apenas ouvindo as canções sertanejas no celular e acabou adormecendo profundamente até a próxima parada.

———————— ♪ ————————

Goiânia. Tinha chegado. Despertou com a movimentação das pessoas para desembarcarem. Havia dormido e acordado um tanto de vezes naquela viagem de mais de dezesseis horas. Um mundo novo a aguardava e tudo estaria bem, se não tivesse deixado a pessoa mais importante de sua vida para trás. Pegou sua bagagem de mão e saltou, ainda sonolenta, postando-se com outros passageiros à espera de recuperar suas outras duas malas que estavam no bagageiro do ônibus. Nesse meio tempo, mandou uma mensagem para Ben e outra para sua avó, avisando que tinha chegado e que estava tudo bem.

Uma vez devidamente munida de tudo quanto lhe pertencia, literalmente, pois levara tudo, já que era muito pouco, chamou um motorista de aplicativo para levá-la ao endereço da prima de sua avó.

O motorista do aplicativo ouvia uma rádio que só tocava música sertaneja e ela sorriu por dentro, lembrando-se daquele elo entre Benjamin e ela. Distraiu-se pensando nele e absorveu alguns versos de Luan Santana em "Te vivo", como quem saboreia a doçura das palavras num poema, deixando-se inundar pela poesia da canção e pelo sentimento nela contido, algo que já conhecia e tinha vivido.

A música seguinte despertou-a de seu devaneio, pois era um hit do sertanejo universitário que enaltecia a bebida e o ato de consumi-la sem moderação, algo que para Marta só trazia lembranças dolorosas. Aborreceu-se e pensou que aquele tipo de música devia ser um crime! Será que eles não sabiam o que o álcool podia fazer com as pessoas? Felizmente ela terminou logo e a composição seguinte falava da vida no campo e a paz que ela trazia. Acalmou-se e passou a imaginar como seria essa prima de sua avó. Temia que fosse alguém severa como a avó, mas sem o bom senso, que era a maior qualidade da mãe de seu pai.

O lugar onde o motorista a deixou era bem humilde, uma rua cheia de casinhas pequenas e mal-acabadas ou malconservadas. Não que ela esperasse algo diferente, sua vida toda viveu na pobreza. A casa de sua avó era de apenas um cômodo. Nunca na vida teve um quarto ou uma cama. Sempre tivera de dormir no sofá da sala. Nos últimos tempos, sua avó havia trocado o sofá da sala por um sofá-cama, o que tinha sido um enorme progresso. Se tivesse sorte, sua prima-tia-avó seria uma pessoa minimamente tolerável, ela teria um sofá confortável e quando fizesse o pedido de alojamento na universidade, ele não demoraria muito para ser aceito.

Parou diante da casa 33. Era grande em comparação com outras da rua, no estilo colonial antigo, coberta de telhas de barro já bem desgastadas e escuras, pintada de rosa, com a tinta já desbotada. As portas e janelas de madeira eram pintadas de azul-claro e tinha uma varanda murada na frente.

O portão grande também era de madeira, rústico, pintado da mesma cor que as janelas e porta. Não havia muro, mas um arame farpado baixo, indo do portão até os muros das casas vizinhas. O chão do quintal era de terra batida e com grama e plantas em algumas partes. Vários vasos de plantas contornavam toda a casa.

Não havia campainha. Bateu palmas. Nada. Insistiu. Nada. Chamou o nome da senhora: Edith. Nada.

Uma vizinha apareceu ao portão, uma senhora magra, de pele escura e olhar calmo.

— Dona Edith não está não. Saiu de manhã.
— Achei que ela sabia que eu estava vindo.
— Você é a Marta? A prima que é sobrinha, que é neta?
— É, acho que é prima-sobrinha-neta.
— Hum. Ela saiu para fazer as coisas dela...
— Sabe se ela vai demorar?
— Demora não. Quer entrar um pouquinho?
— Não, imagina. Eu espero aqui mesmo.
— Tem certeza? Se quiser entrar aqui em casa, eu já vou passar um cafezinho...
— Não, obrigada. Como é o nome da senhora?
— Alzira.
— Muito obrigada, dona Alzira. Mas pode deixar.
— Tá bom — disse a outra, como quem por dentro achasse que podia ser um erro, que talvez ela tivesse que esperar bastante.

Depois que dona Alzira entrou em sua casa, Marta soltou um suspiro. Ansiava por um banho. Estava suja e amarrotada, com a bermuda jeans colada ao corpo de tanto suor e se sentia também coberta de poeira. O calor estava sufocante. Ficou por meia hora em pé, até que cedeu ao cansaço e se sentou no chão, à sombra dos arbustos de azáleas brancas, que ficavam na frente do arame.

De cabeça baixa, já cansada de mexer no celular, sentia já as pernas dormentes e a cabeça pesada, quando uma sombra maior a cobriu. Olhou para cima e viu a idosa. Magra, com cabelos totalmente grisalhos, olheiras profundas, rosto enrugado e expressivo e olhos... Marta não encontrou em seu vocabulário adjetivo pertinente. Tanto buscou em sua mente que veio algo como "louvabilíssimos". "Impressionantes" talvez fosse um termo que descrevesse melhor.

Ela se levantou de pronto, ajeitando-se.
— Marta? — A voz era salutar.
— Eu. A senhora é a dona Edith?
— Sim, minha filha. Você é minha parenta.
— Ah. É. Um pouco distante, mas...
— Que distante? Se somos todos irmãos, filhos do mesmo Deus! De resto, são só nomes!

Marta se surpreendeu com a resposta. O que esperar daquilo? Uma crente fanática? Mas a sensação que ela passava era tão boa!

— Vamos entrar, filha — comandou, pegando uma de suas malas e abrindo o portão, que tinha apenas um trinco.

Marta pegou o restante de suas coisas e a seguiu.

A senhora abriu a porta de entrada, entrou e colocou a mala de Marta no chão. Em seguida abriu as venezianas das duas janelas laterais da sala, deixando o resto de claridade do dia entrar no ambiente.

O chão era de cimento liso e encerado de vermelho. O sofá era antigo e não parecia confortável. Marta deixou escapar um suspiro com aquela constatação. No entanto, o que a surpreendeu mais no ambiente foram as imagens: várias, penduradas em quadros nas paredes, em forma de estatuetas sobre os dois aparadores de madeira escura, parecendo muito antigos. Marta não reconheceu todas aquelas figuras, mas havia Nossa Senhora, o Sagrado Coração de Jesus, São Jorge, São Francisco de Assis, Bezerra de Menezes e Emmanuel, numa mistura de figuras do catolicismo e do espiritismo.

Marta compreendeu então que aquela era uma mulher de fé, mas não como ela tinha imaginado. Intimamente torceu para que ela não fosse alguma espécie de beata...

— Me desculpa, minha filha. Eu fui até o centro da cidade para atender um amigo e contava de ir buscar você na rodoviária se eu chegasse antes da hora do seu ônibus... Mas aí as pessoas me param e pedem ajuda, então... Tive de ajudar.

Ajuda? Como assim? Marta achou aquela explicação muito estranha.

— Vamos levar suas coisas para o quarto? — falou, conduzindo a moça pelo corredor.

A casa tinha dois quartos. O menor estava arrumado para Marta. Como todos os outros, os móveis eram de madeira e muito velhos, embora em bom estado. Eram verdadeiras relíquias. O quarto era simples, com um guarda-roupa pequeno, tinha uma cruz de madeira na parede sobre a cabeceira da cama. CA-MA. Marta fitou o colchão e seus olhos se encheram de lágrimas sem que ela pudesse controlar.

Como era boba! Só porque ia dormir em uma cama? Tinha dormido na cama de Benjamin! E no tempo que passou no abrigo, na infância, tinha tido sua própria cama. Por que aquilo tinha de ser tão importante a ponto de fazê-la se emocionar diante de uma quase estranha?

— Aqui vai ser seu quarto enquanto você precisar — anunciou a prima-tia-avó.

— Obrigada, dona Edith — agradeceu, deveras emocionada.

— Que dona o quê, menina! Então, se sou sua prima-tia-avó, e como esse nome é muito complicado, vamos ter de escolher um só. Prima é para gente da mesma idade e avó... Eu não sou uma velha! Só tenho setenta e cinco anos! Sou praticamente uma adolescente! — gracejou para em seguida soltar uma risada gostosa. — Me chame de tia Edith. Vou adorar!

— Tá bem, tia — concordou Marta, com um sorriso.

Tia era bem mais simples realmente e a lógica divertida da mulher elevou os ânimos da moça pela simpatia instantânea.

— Tá certo, então. E você vai ser minha sobrinha. O banheiro é no final do corredor. Mas não temos água quente. Só natural. Vou deixar você tomar um banho e descansar, depois vamos merendar, tá bem?

— Tá. Obrigada!

Edith a deixou só no quarto. Marta se sentiu tão bem, que até o calor e cansaço pareceram insignificantes. Só água fria? Já estava acostumada. Sua avó Ester também não tinha chuveiro elétrico, dizia que gastava muita luz.

O banho foi delicioso. Enquanto lavava a cabeça, calculou o horário do fim do expediente de Benjamin. Ele disse que ligaria. Precisava colocar o celular para carregar... Ouviu alguém gritar por dona Edith no portão. Daí a alguns instantes, outra voz a chamava. E teve uma terceira depois que ela terminou o banho, enquanto penteava os cabelos.

Foi para o quarto e, enquanto arrumava suas coisas, ouviu voz distinta das outras chamando pela tia. Acabou a arrumação e foi para frente da casa, curiosa por ver por que tantas pessoas chamavam dona Edith. Viu que ela conversava com um homem no portão. Por fim, entregou a ele um saco de papel e murmurou algumas palavras e fez um gesto com uma das mãos.

O homem agradeceu abaixando a cabeça de forma humilde e se despediu. Marta se adiantou e alcançou a tia ainda antes de ela retornar a casa.

— A senhora vende alguma coisa? — perguntou a jovem, movida pela curiosidade.

Edith fechou o trinco do portão e se virou para a moça com um sorriso nos lábios.

— Não. Não vendo nada, não. Só dou. Graças ao bom Deus, minha aposentadoria me basta.

— A senhora dá o quê? — interrogou a jovem, sem conseguir conter a curiosidade, para depois refletir sobre sua pergunta, que acabou soando muito estranha.

A idosa riu.

— Dou o que posso. Às vezes é só uma palavra que as pessoas precisam. Na verdade, na maioria das vezes. Mas, costuma acompanhar uma planta ou erva, para aliviar algum mal físico. — E diante do olhar apreensivo da jovem, apontando para as plantas em seu quintal, ela continuou: — Alecrim, erva-doce, hortelã, carqueja, capim-cidreira, guaco, saião...

— Interessante — respondeu sem saber ainda o que pensar daquilo.

A mulher era uma espécie de curandeira? Ou só alguém com muitas plantas no quintal?

— Você já se acomodou?

— Já, obrigada!

Elas já estavam diante da porta.

— Dona Edith! — chamou uma mulher ao portão.

As duas se voltaram e Edith sorriu para a sobrinha, certa de que ela não tinha entendido ainda.

— Oi, dona Penha! Em que posso ajudar? — perguntou, sabendo pelo olhar aflito da outra, que não estava tudo bem. Era mais um pedido de ajuda.

— É a minha filha, a Claudiane. Tá esquisita de novo. Aquelas coisas... Passando mal.

— Já falei pra senhora o que é que tem de fazer, né?

— Eu sei. Mas ela tem medo, eu tenho medo.

— Justo agora que minha sobrinha e eu íamos merendar... A pobrezinha deve estar com muita fome, veio de viagem hoje, sabe?

— Ah, dona Edith, vamos lá, por favor! Eu fiz um bolo hoje de manhã. Resolvendo tudo, a senhora me faz gosto de experimentar e sua sobrinha também.

Marta observava tudo aquilo e sentia como se tivesse entrado em outra realidade. Do que falavam?

Edith fez sinal para a sobrinha acompanhá-la. A moça ficou indecisa, ainda mais pela roupa simples que tinha colocado, mas acabou seguindo as duas mulheres. Caminharam por dois quarteirões até chegarem a uma casa bonita. Olhando para a casa, Marta reparou que a mulher também não parecia tão humilde. Estava abatida, mas tinha o ar de quem já teve majestade.

A casa por dentro era simples, mas confortável. Foram levadas até o quarto da moça, a Claudiane.

Assim que entraram no aposento, viram a moça, que gemia e parecia sentir dor; o que assustou muito Marta, que nem sabia direito o que estavam fazendo ali. Edith, muito serena, ergueu as mãos em sinal de imposição sobre a doente e começou a fazer uma prece. Depois, pediu a Marta e à mulher que rezassem com ela o Pai-Nosso. Por fim, murmurou palavras incompreensíveis para Marta.

A moça fez um movimento brusco, como um solavanco. Depois levantou o olhar com lágrimas e, docemente, agradeceu.

— Obrigada, dona Edith!

— Minha filha, já te disse, você tem de pensar coisas boas, fiar em Nosso Senhor Jesus Cristo. Tem de ouvir música boa, ler coisas boas... Desejar só o bem para todos. Vibração ruim atrai coisa ruim e doença.

Elas ainda conversaram por algum tempo depois, comendo bolo com café, mas não houve palavra sobre o episódio. Era como se nada tivesse acontecido e fosse a coisa mais normal do mundo tratar doente com reza. Marta estava intrigada e um pouco perplexa.

Quando voltaram à casa de dona Edith, Marta correu para verificar seu celular, que tinha deixado carregando. Droga! Ligação perdida de Benjamin! E seus créditos tinham acabado. Ligava a cobrar?

— Tia Edith, qual a senha do wi-fi? — gritou de seu quarto.

Edith se aproximou.

— A Internet, tia — explicou.

— Eu não tenho Internet — falou simplesmente, com um sorriso no rosto.

Claro que não! Ela riu amargamente de sua situação. Sua avó Ester também não tinha. Ela é que tinha colocado a Internet depois de muito tempo, com seu dinheiro, depois que havia começado a trabalhar na loja do shopping. Esperava que sua tia Edith tivesse uma reza boa para conseguir emprego.

— Alguma coisa urgente?

— É, eu preciso falar com o meu... — Amigo?

Ela sabia a palavra, mas nunca a usou antes para se referir a Benjamin. Aquilo era novo e... assustador. Ele sempre foi o amigo. Certo, um amigo apaixonado e ela, uma amiga apaixonada, mas ainda assim, amigos.

— Namorado — completou, sentindo-se tola por ter hesitado para dizer algo tão natural.

— Por que não liga?

— Estou sem créditos — confessou. — A senhora tem telefone fixo? Ou um celular para me emprestar?

— Minha querida, eu não sei mexer nessas coisas não. Eu tive um fixo por muitos anos, mas ele tocava o dia todo. Eu não tinha paz.

— Telemarketing? — arriscou.

— Sim, muitas vezes. Mas normalmente era mais o que você presenciou hoje. Pior, porque com a facilidade do telefone, nem precisa ser sério para a pessoa ligar. Agora, pelo menos, se a pessoa se deu ao trabalho de vir, é que está realmente necessitada.

Marta balançou a cabeça em um gesto de compreensão.

— Ligue a cobrar, seu namorado não vai se importar. Se ele se importar com algo tão pequeno como conta de telefone, não ama você como deveria — proferiu.

Marta sorriu. Era claro que ele não se importaria. Ela era que costumava ser orgulhosa.

Entendendo a deixa, Edith se retirou do quarto da menina para deixá-la à vontade. Ela estava atrapalhada para fazer a ligação, quando o aparelho tocou. Era ele. Que bom! Atendeu logo.

— Ben. Que bom que você ligou! Eu já ia te ligar a cobrar. Estou sem créditos — falou logo.

Era necessário que ele soubesse que se houvesse qualquer falha ou falta de comunicação entre os dois seria por motivo de força maior. Ela precisava garantir a ele que ela não fugiria mais, não o ignoraria. Afinal, tinha um histórico e eles se encontravam muito distantes naquele momento.

— Oi, meu amor. Claro! Pode me ligar a cobrar quando quiser. Só não deixe de me ligar, por favor! Confesso que já estava ficando um pouco nervoso aqui, por você não ter atendido. Desculpa. É que você tem um histórico.

É, ela sabia. Ambos tinham. Era uma história de muitos desencontros.

— Eu saí com a minha tia Edith. Foi uma emergência. E deixei o celular carregando.

— Emergência? Alguém está doente? — perguntou com um tom de preocupação na voz.

— Uma moça. A tia Edith atende pessoas, sabe?

— Ela é médica?

— Não exatamente. Acho que é uma espécie de benzedeira... — falou sem ter muita certeza e curiosa com qual seria a reação dele.

— Nossa! Isso é... muito interessante! E você foi junto porque...

— Na verdade, não sei bem. Ela quis que eu fosse.

— Bom, o que interessa é que você chegou bem, né?

— É, e estou bem instalada. Tenho até um quarto só pra mim... — falou na empolgação e só depois notou o quanto aquilo podia parecer insignificante.

— Isso é ótimo! Já conheceu pessoas por aí? Na verdade, minha preocupação são rapazes, sabe? Acho que nunca tive ciúmes de nenhuma namorada antes e não sei se vou administrar bem isso!

— Não se esqueça que você é que é o cara com o uniforme irresistível. Eu é que tenho que me preocupar — acompanhou o tom de jocosidade dele.

— Você é muito bonita, Marta. Não dá para evitar. E eu te amo tanto e foi tão difícil ficarmos juntos... Eu estou arrasado de pensar que nem sei quando vamos nos ver de novo...

— É verdade. Eu não parei para pensar sobre isso ainda...

— Promete que vai ser só minha?

— Eu não poderia ser de mais ninguém.

— É muito bom ouvir isso. Da minha parte, você sabe que pode confiar. Eu vou te esperar.

— Eu sei. Só fica avisado que aqui na tia Edith não tem Internet e estou à mercê dos meus créditos... Vou tentar logo arranjar um emprego de meio período para pelo menos pagar uma Internet, ou se conseguir me mudar para o alojamento, lá deve ter wi-fi no campus.

Ben pensou em se oferecer para pagar uma conta de celular para ela, mas se retraiu. Talvez ela não aceitasse bem aquela proposta. Era orgulhosa. Era melhor esperar um pouco.

— Tá. Mas se você precisar de qualquer coisa aí...
— Eu estou bem.
— Eu te amo!
— Também te amo!

As juras de amor ainda se estenderam por quase meia hora, até que os pais de Ben chegassem e lhe perguntassem com quem estava ao telefone por tanto tempo. Naturalmente ouviram alguma coisa. Ele se despediu e olhou para os pais, lembrando que não havia ainda contado nada sobre ele, Marta e a despedida.

— Não sabia que estava namorando de novo, filho — comentou dona Elza.
— É. Estou.
— Há quanto tempo?
— Mãe, pai, é a Marta.

Eles ficaram imóveis por um instante. Seu Adilson pareceu realmente surpreso. Elza deixou escapar um sorriso largo.

— Finalmente — comentou ela.
— Como assim, Elza, finalmente? Marta? Aquela que foi criada com ele, que nós quase adotamos?
— Você sabe muito bem quem é a Marta, Adilson. É quase nossa filha!
— Por isso mesmo. Isso é estranho. Desde quando você e a Marta se interessaram um pelo outro?
— A vida inteira, Adilson! Será que você nunca percebeu?

Benjamin estava perplexo, não sabia se mais pela total ignorância do pai em relação aos seus sentimentos ou se pela perspicácia da mãe.

— É essa mesma, pai. A mãe tá certa. Eu sempre gostei da Marta. Só que ela ficava afastada. Ontem nós nos acertamos.
— E onde ela está? Por que ela não está aqui para a gente comemorar? — falou a senhora, com entusiasmo.
— Em Goiás.

— O quê? — Dona Elza estranhou.
— Pois é, ontem ela me procurou, nós nos acertamos e depois ela disse que estava partindo.
— Que coisa! Como assim? Ela volta logo? — perguntou o pai.
— Ela passou para a UFG.
— Hein? — Seu Adilson não entendeu a sigla.
— Uma faculdade? — Dona Elza quis confirmar.
— É a federal de lá. Ela veio me contar a novidade e se despedir. Finalmente nos entendemos, mas...
— Ela não podia fazer uma faculdade mais perto? — sugeriu Seu Adilson.
— Passar para lá foi uma conquista dela, eu não tive coragem de sugerir que ela ficasse e tentasse vestibular de novo. Eu até pensei em me oferecer para pagar uma particular para ela, mas não sei se ela reagiria bem a isso. Pensei muito sobre o assunto, mas por mais que doa ficar longe, não tenho o direito de tirar isso dela. Se ela fizesse essa escolha de ficar, precisava partir dela.
— Caramba, filho, eu entendo, mas vocês vão ficar longe muito tempo! — lamentou a mãe.
— Então, deixa ver se eu entendi, ela veio aqui ontem e disse: eu te amo, ah, e amanhã eu vou embora — comentou o pai do rapaz com um leve sarcasmo.
Benjamin riu amargamente. Fora exatamente assim, de uma forma simplória e irônica, no entanto, ali estava a essência.
— É, pai. Basicamente.
— Garoto, você deve gostar mesmo dela! Outro a mandaria pastar! Essa garota sempre foi um tanto esquisita!
— Adilson! É a nossa Marta! Você sabe o quanto a coitadinha sofreu na vida! Eu fico feliz que vocês estejam juntos, mesmo separados. E que a Marta tenha ido para a faculdade. Nossa! Isso é muito bom.
— Eu acho que esse namoro não vai durar muito. Essa coisa de a distância...
— Adilson! Assim você não está ajudando! Não tá vendo que o garoto já está preocupado sozinho!
Benjamin lançou um sorriso de agradecimento à mãe.
— Fica tranquilo, filho. Vai dar tudo certo. Se for para ser, será.
— É o que eu penso também, mãe.

— Mas então, filho, o que você vai ficar fazendo enquanto espera por ela? — perguntou Seu Adilson, parecendo ainda não entender a extensão dos sentimentos do filho.
— Eu vou trabalhar e preparar meu casamento.
— Oi? — disseram seus pais em uníssono.

Tocando em frente[17]

Cada um de nós compõe a sua história,
Cada ser em si carrega o dom de ser capaz,
De ser feliz.

Seis meses se passaram. Marta não conseguiu o alojamento, apenas a promessa de vaga para o segundo semestre, mas conseguira trabalho de fim de semana. Nas noites de sexta a domingo, ela servia mesas em um bar perto da faculdade. Por lá, via muitos de seus colegas de universidade se perderem nos prazeres do álcool. Era mesmo muita ironia que ela acabasse trabalhando ali, servindo o veneno que destruíra sua infância. Não tinha inveja dos que ali podiam estar, jogando tempo fora, e sim, pena. Para ela, eram pobres almas iludidas e ela soube no momento em que pensou com aquelas palavras, que a influência de sua tia em seu amadurecimento avançava a passos largos.

Os estudos na faculdade iam bem, no entanto. Ela adorava as aulas e o tanto que estava aprendendo. Paralelo a isso, adquiria outros conhecimentos com a tia Edith. Ficava cada dia mais fã da sabedoria, bondade e das habilidades de medicina natural da idosa que não se considerava velha. Como seu ramo era farmácia, constatava a cada estudo que Edith realmente sabia o que estava fazendo.

No início ficou preocupada que a grande movimentação de pessoas na casa e pedidos de ajuda medicinal ou espiritual fossem atrapalhar sua dedicação à faculdade. Por isso, organizou um horário de estudos na biblioteca do campus. Quando se recolhia à casa da tia Edith, sabia que teria de

---

[17] ALMIR SATER (compositores: Almir Sater e Renato Teixeira) "Tocando em frente". In: **Ao vivo.** Sony Music, 1992. CD.

ajudar e trabalhar — na limpeza, na cozinha, no quintal, com as plantas e no atendimento aos necessitados. Incrivelmente, todo aquele trabalho a revigorava e, mesmo se sentindo exausta, percebia em si uma energia fora do comum, uma disposição alegre e envolvente.

— É que fazer o bem faz bem — explicara a anciã certa feita, com sua simplicidade de palavras e profundidade de conteúdo.

Marta se tornou uma pessoa sorridente. Pegava-se rindo à toa, com grande satisfação interna só por ajudar tia Edith em suas tarefas. O que era aquilo? Em toda a sua vida, a sombra de sua infância assolada pela violência do pai, pelo abandono da mãe e pela pobreza a tornaram uma moça melancólica. Era esperançosa de dias melhores, mas sempre esperando o pior, como se o infortúnio vivesse espreitando, só aguardando uma oportunidade para invadir sua vida novamente e preenchê-la com lágrimas e vilipêndio.

Nunca foi uma pessoa de sorrisos fáceis ou gestos remansados. Era como se tivesse um visco para pensamentos negativos e projeções pessimistas. Contudo, agora sentia que se transfundia genuinamente. É claro que a realização pessoal por estar cursando o Ensino Superior tomava parte em sua transformação e o relacionamento, mesmo a distância, com Ben, afigurava-se como um bálsamo de amor puro e verdadeiro a curar sua baixa autoestima e as feridas emocionais de carência afetiva. Hauria energias positivas de tudo isso, no entanto, conhecia-se bem demais para saber que o remédio salutar aí era o trabalho com a prima-tia-avó.

Fazer o bem fazia bem.

— Quando você ajuda alguém sem esperar nada de volta, você recebe muito. Você está jogando coisa boa no mundo e Deus te dá de volta — explicava a tia, de forma singela, sem desconfiar que dava ali uma aula de Física Quântica, bastando apenas trocar as palavras "mundo" e "Deus" por "Universo". — Nosso Senhor Jesus Cristo nos ensinou, né? Amar o próximo como a nós mesmos. Ensinou a servir. Lavou os pés dos apóstolos em um gesto de humildade. Quem somos nós então, para vir a este mundo e querer ser servidos? Estamos aqui para servir e só assim podemos encontrar a felicidade. Pelo menos a felicidade e a paz que é possível se ter neste mundo de mazela, né? Porque ser feliz é deitar a cabeça à noite no travesseiro com a sensação de dever cumprido, que se fez o melhor que podia, que trabalhou o quanto suas forças lhe permitiram, que se doou e se dedicou. Qualquer outra coisa que se busque para ter a sensação de paz e felicidade sem ser essa é ilusão, que só vai trazer mais dor e sofrimento.

Marta meditava com frequência em cima daquelas palavras. Sua família jamais a levou a uma igreja ou lhe ensinou qualquer credo. Talvez se seus pais professassem alguma religião não tivessem caído tanto moralmente. Dona Elza a ensinara a rezar o Pai-Nosso e a Ave Maria. A família de Ben se parecia com Edith nesse ponto: misturavam crenças e tinham a sua própria, soerguida daquela amálgama de duas, três doutrinas. Não havia problema naquilo, concluíra a moça, já que Seu Adilson, dona Elza e sua tia Edith eram com certeza as melhores pessoas que ela já conhecera em sua vida. Além de seu querido Ben, é claro.

E afinal, para que servia uma religião, se não era para tornar uma pessoa melhor? Que importava a que professasse se moralmente o indivíduo não se edificasse? Todas as religiões eram boas, concluiu ela. Ou até a mistura delas ou ainda a falta de uma, desde que as crenças intrínsecas ao ser o tornassem melhor ou, ao menos, em alguém que se esforçasse por melhorar.

Marta se sentia uma pessoa melhor. Tinha longas conversas com a tia e absorvia tudo o que podia.

Em uma de suas primeiras confabulações, no entanto, a tia havia lhe feito perguntas inquietantes.

— Por que você veio fazer faculdade aqui?

A pergunta deveria ter sido encarada com naturalidade, mas não foi. Marta foi tomada de surpresa e temeu uma devassa em sua alma.

— Foi pra onde eu passei.
— Não tinha outra? — insistiu.
— Eu quis vir. Minha vó me falou da senhora e pareceu uma boa opção.
— E o Benjamin?
— O que tem ele?
— Ele liga pra você todo dia, faz vídeo... Sem querer já escutei um pouco. Ele parece ser um bom rapaz.
— Ele é — apressou-se em confirmar.
— E parece gostar muito de você.

— Ele gosta — respondeu a moça, já um tanto incomodada e receosa de qual rumo aquela conversa tomaria.
— E você gosta dele?
Marta pensou alguns segundos a respeito. Não tinha dúvidas sobre gostar ou amar Ben. Refletiu acerca da intensidade de seus sentimentos. E os deixou vazar com sinceridade em suas palavras.
— Mais do que eu posso suportar. Com toda a minha alma.
A idosa sorriu, satisfeita.
— Então, minha querida, por que escolheu ficar longe dele? — inquiriu.
— Eu não... — apressou-se em defender-se, mas foi interrompida.
— Escolheu sim — asseverou mansamente, mas com olhos severos, a mulher mais velha. — Tudo na vida é uma escolha. Você podia ter escolhido tentar o vestibular de novo no outro ano e ficar por lá, perto dele. Podia não ter colocado como opção uma faculdade tão longe, podia escolher trabalhar e pagar uma particular.
É, ótimo, a tia parecia a voz de sua consciência. Seu grilinho interior já havia lhe dito tudo aquilo, mas ouvir assim de outra pessoa... Dela...
— Eu... É... — Era difícil explicar. — Quando eu escolhi, a gente *tava* brigado e era só amigo.
— Mas o sentimento já estava lá. — Não foi uma pergunta.
Marta confirmou com a cabeça.
— Aí eu fui ver o Ben e pedi desculpas, a gente se entendeu... Mas já era tarde.
— Era mesmo?
Por que ela estava fazendo aquilo com ela? Ela já estava sofrendo bastante com o peso daquela escolha e sua consequência: Ben a quilômetros de distância, a única nódoa em sua *quase-completa-felicidade* atual.
— E ele é tão bom que não pediu para você ficar, né? Ele não quis tirar isso de você...
— É — disse num suspiro, sentindo lágrimas quentes em seus olhos, ameaçando irromper em choro incontrolável. — O Ben é o cara mais incrível, maravilhoso, lindo e perfeito que eu já conheci — As palavras saíram trôpegas de emoção.
— E você, em algum lugar em sua cabecinha dura, acha que não o merece. Estou certa?

Pronto! Ela não mais se segurou. Chorou. Convulsivamente. A tia a abraçou e tão logo o pranto acalmou, Marta despejou toda a história: seus traumas, seus medos, paranoias. A tia ouviu tudo atentamente, balançando a cabeça ora positivamente, ora negativamente. E ao final, já tinha um veredicto:

— Então, minha sobrinha querida, me parece que você tem um homem bom te esperando há muito tempo. Os problemas estão só na sua cabeça e no seu espírito. Você precisa resolver isso. Porque mesmo sendo muito bom e te amando muito, ele pode não conseguir te esperar por cinco anos. Você não acha que é tempo demais?

— E o que eu faço, tia? Como eu resolvo?

A garota parecia esperançosa por uma solução sábia, vinda daquela que ela então já considerava uma mentora.

— Bom — iniciou ela, juntando as palmas das mãos e as levando aos lábios, um gesto que lhe era costumeiro —, você precisa ir ao fundo da questão.

— Sim, eu tentei com uma analista e...

— Você tem de perdoar seu pai.

───────── ♪ ─────────

Benjamin Franklin de Assis não era homem de desistir de seus planos. Sua determinação, ainda menino, fez com que ele conseguisse passar em um concurso dificílimo e trilhar uma carreira nas forças armadas. Ele amava Marta e estava determinado a fazê-la sua esposa. Nem sempre teve essa segurança referente a seu relacionamento com a amiga de infância, porque ela esteve relutante e esquiva durante muito tempo, no entanto, depois que a moça lhe entregou o corpo e o coração, ele não teve mais dúvidas.

Perturbava-o muito que ela tivesse optado por estudar em outro estado, contudo, perdoava o afastamento levando em conta a dificuldade que ela pudesse ter tido para passar para um curso tão concorrido. E, ainda, eles não eram um casal então.

Após o acerto dos dois, Benjamin teve de ter muita paciência e se conformar com a situação. Consolou-se pensando que no tempo em que estivessem longe, seria um tempo de preparação para as núpcias. Ele estava juntando dinheiro há algum tempo e comprou um carro zero. Mostrou para ela em uma videochamada. Ela mal acreditou e a reação dela o deixou intrigado. Olhos de orgulho e admiração, mas pouco envolvimento, como se ele fosse uma celebridade e não seu provável futuro noivo. Ignorou a sensação estranha e seguiu confiante no futuro. Depois do carro, o próximo passo era ter dinheiro suficiente para dar entrada em uma casa ou apartamento.

Naqueles primeiros seis meses longe da namorada, ele não titubeou. Cantadas e insinuações de garotas eram constantes, porém, não chegavam a constituir tentações. Ele não ficava "tentado". O único impulso que ele teve de conter foi o de pegar um avião a cada folga que tivesse para ir vê-la. Ele teve oportunidade três vezes. Ele quis ir, só que das três vezes, Marta lhe pediu que não fosse. Alegou que tinha provas e precisava estudar ou trabalhos dos mais diversos. Aquilo o magoou. Por mais que ele entendesse os "motivos", ainda assim, pareceu-lhe má vontade. Será que ela não sentia saudades? Ela mesma não mencionara uma única vez a possibilidade de voltar ao Rio por um fim de semana que fosse.

Fosse como fosse, ele ignorou aqueles indícios de relutância da moça. Ele sabia que ela ainda não tinha se libertado de seus problemas emocionais e sua tendência a mantê-lo afastado. Todavia, tinha fé que seu amor, perseverança e paciência a dobrariam mais cedo ou mais tarde. Ao menos ela ligava, mandava mensagens. Eles se falavam. Ele sabia que ela estava exausta, pois além de estudar, trabalhava de sexta a domingo à noite num bar local para pagar suas despesas e ajudava a tia com tarefas. Tia essa que parecia ter ganhado rapidamente o afeto e admiração da jovem, que falava dela com frequência.

E assim ia se desenhando o relacionamento a distância dos dois. Ele, esperando um possível encontro presencial. Ela, parecendo querer adiá-lo, como se tivesse de se preparar para ele por muito tempo. Mas quando se falavam era como se nada os pudesse separar: declarações de amor, carinho e expansão de sentimentos. E a brincadeira de adivinhar qual era a música sertaneja que ele escolheu para eles continuava.

— É aquela que tá tocando agora, do Luan Santana? — arriscou mais uma.

— Essa é nova. Lembra que te falei que é uma música de nosso tempo de criança?

— Hum. Já te falei mais de vinte e não consigo adivinhar. Por que você não diz e acaba logo com isso? — reclamava ela.
— Tá divertido. E acho que vou torturar você mais um pouquinho.
— Você podia dizer pelo menos o nome da dupla ou cantor. É do Chitãozinho e Xororó?
— Não. Não é deles. Viu? Acabei dando uma ótima dica. Aí você já elimina um monte.
— Verdade. Mas ainda tá difícil. Podia dizer se é dupla ou solo? Ou se é de homem ou mulher?
— Aí você já quer demais — falava rindo.
E assim eles continuavam. Juntos e separados ao mesmo tempo.

───────────── ♪ ─────────────

Sua prima-tia-avó devia estar louca se achava que ela poderia resolver todos os seus problemas emocionais perdoando seu pai. Bem, na verdade ela tinha dito que esse seria o primeiro passo. Só que não dava. Simplesmente não conseguia. A imagem dele em sua festa de formatura lhe pedindo por esse mesmo perdão só trazia mais raiva.

Mas a tia era insistente. De tempos em tempos, ela achava uma brecha.

— Vamos começar com você rezando um Pai-Nosso e uma Ave Maria por ele todos os dias.
— A senhora tá maluca? Eu não vou rezar por aquele filho da...
— Marta!
— Desculpe, tia! A senhora não sabe...
— E você sabe?
— Sei o quê?
— Você sabe quem realmente é seu pai?

Pergunta estranha aquela. Mas ela realmente nunca tinha parado para pensar nisso. Ele era seu pai. Ponto. Um alcoólatra. Ponto. Um péssimo pai. Ponto. Um monstro. Ponto final.

— Nada justifica o comportamento dele, mas só Deus pode julgar. A nós outros cabe entender que cada um só dá o que tem pra dar. José é um pobre diabo. Ester sempre sofreu muito com aquele menino. Rebelde, difícil, vicioso. Mas ela tentava manter o filho na linha. Até que, quando ele fez nove anos, o pai dele saiu de casa e levou o menino. Ester ficou doida. Não pelo marido, que era um traste e se ele fosse embora, fazia um favor, outro pobre diabo. Mas ele levou o filho.

Marta escutava a história com espanto. Realmente ela não sabia nada sobre seu pai. Claro. Eles nunca conversavam. Ele quase não falava, só xingava e agredia.

— Irineu era caminhoneiro. Levou o menino com ele, porque cismou que o José tinha de aprender aquela profissão. O menino passou anos sem ir à escola, só viajando com o pai, de caminhão, pelo Brasil todo. Só que em vez de tomar gosto pela vida das estradas, pegou raiva. Quando Irineu morreu, teve um infarto fulminante, o garoto se viu sozinho num posto de caminhoneiros. Levaram Irineu já morto pro hospital, ninguém queria dar o veredicto. E o menino ficou lá, largado, por horas, até que um colega do Irineu, que catou as coisas dele, achou o número de telefone da Ester. A pobre teve que se virar para arrumar a passagem de ônibus para São Paulo e ainda conseguir desembarcar, no meio do caminho, onde o menino estava, numa parada de caminhões na Rodovia Presidente Dutra. Pra voltar para o Rio, ela conseguiu carona com um caminhoneiro conhecido do Irineu.

— Mas e o enterro? — perguntou Marta, atenta à história.

— O dono da empresa de transporte pra quem o Irineu trabalhava é que pagou pelo funeral. Coisa simples e rápida. Ester não tinha dinheiro pra nada. Vivia de faxina, como vive até hoje, apesar da idade, e morava de favor. Mas arrumou um canto para o menino. Trabalhou em dobro para alugar uma quitinete para eles. E o garoto? Seu pai? Uma peste! José mal sabia ler, mas sabia xingar todos os palavrões que você pode imaginar e falava com a malícia de um homem adulto. Era ardiloso, matreiro, mal-educado. Não possuía noção de certo e errado, não tinha princípios nem moral. Já tava estragado.

Marta ouvia aquela história que parecia distante, como se fosse a história de um estranho e mal podia acreditar que era aquela a história de seu pai. Imaginá-lo como criança já demandava muito esforço de sua imaginação, porque ela jamais havia pensado nele como uma pessoa normal, que teve infância... Ele sempre fora "o monstro".

— Ela cortou um dobrado com ele — continuou a tia, ciente de que a moça precisava conhecer um pouco do passado de sua família. — Tentou lhe passar certa religiosidade e disciplina. Muito difícil. Aos dezesseis, ela desistiu de manter o garoto na escola, porque ele não ficava lá. Pulava o muro do pátio e fugia. Bebia e fumava escondido. Então ela lhe passou um sermão: "Se não quer estudar, vai trabalhar." E o colocou como ajudante de um pedreiro conhecido. Ele detestou, quis fugir do serviço, mas gostava de ganhar o dinheiro.

Marta tentou visualizar seu pai aos dezesseis, iniciando a vida. E já bebia! Aquilo não era uma surpresa. Os vícios começam cedo. Se os jovens soubessem que o que fazem mais novos pode ter consequências por toda uma vida... Pensou se seus colegas de faculdade, os que costumavam frequentar o bar onde ela trabalhava e beber até cair, que iam de uma "chopada" para outra, se eles tinham ideia de que poderiam se tornar alcoólatras num futuro breve, que poderiam por causa disso destruir suas famílias e traumatizar suas crianças... Não, provavelmente eles não pensavam em nada disso.

— Uma vez — prosseguiu ela —, se meteu a roubar com os colegas. Más companhias. Foi preso. Ester foi buscar o garoto na delegacia. Lá, não disse nada. Quando chegou *em* casa com o "menor", deu-lhe uma surra daquelas. Mas o sermão foi o que marcou o infeliz. Eu sei, porque ela me contou essa história várias vezes, todas as vezes que se lamentava pela conduta dele. "Você quer ser bandido? Quer ser marginal? Se quer, eu não vou querer mais ser tua mãe, porque não nasci pra ser mãe de vagabundo! Se te prenderem de novo, vou mandar jogar a chave fora. Se você fizer mais uma dessas, você morreu pra mim como filho, ouviu bem?" Diz ela que ele chorou muito, pediu desculpas, abraçou.

— E funcionou?

— Seu pai cometeu violência doméstica, era alcoólatra, mas você não conheceu um pai ladrão, conheceu?

Marta balançou a cabeça negativamente.

— Ele continuou a trabalhar de ajudante. Não que gostasse, mas se acostumou com o serviço. Reclamava muito e começou a beber mais, dizendo que era para esquecer a vida ruim que ele achava que tinha. Muita gente vive bem e feliz fazendo trabalho pesado! A princípio ele bebia muito só nos fins de semana. Depois piorou. Conheceu sua mãe e se encantou por ela. Aí deu uma moderada na bebida. Sua mãe engravidou e eles se juntaram e os filhos foram vindo. Muita miséria, porque quanto mais ele bebia, menos conseguia parar nos serviços e então, menos dinheiro. Sua mãe não tinha profissão, nunca trabalhou. O resto você já sabe. Ele foi uma vítima de um pai irresponsável e, depois, vítima de si mesmo.

— E resolveu que ia descontar todos os problemas em mim? — Marta se agarrava ainda ao ressentimento.

— Oh, querida! De certa forma, sim. Mas ele fez isso com sua mãe e com seus irmãos — falou com comiseração. — Você foi a que sobrou no final. E o pior ele fez a ele mesmo. Autopiedade, considerava-se no direito de se embriagar, usar a violência com uma criança... O que você acha que isso faz com um ser quando ele tem um minuto de lucidez? Quando está sóbrio e sua consciência lhe cobra a conta?

— A senhora está dizendo que ele bebia porque não aguentava ficar sóbrio?

— Ele precisava ficar sóbrio para trabalhar. Mas, sim. Admitir que estava errado, admitir a culpa é um passo difícil demais para qualquer ser em evolução. Não basta a sobriedade, é preciso a clareza da consciência. Muitos mentem para ela, enganam-se, buscam justificativas para seus atos de forma infantil. Quanto mais fazem isso, mais são infelizes. O despertar da consciência é algo libertador, mas doloroso. Alguns levam mais de uma vida para fazer isso. Mas pelo que sei, seu pai agora parece ter acordado.

— Eu não acredito nele.

— Não precisa. Todo o mal que fazemos a outra pessoa, na verdade, estamos fazendo a nós mesmos. A conta dele não é sua, é dele. Você tem de se preocupar é com essa prisão que você criou para você mesma.

— Que prisão?

— A da mágoa. Enquanto você não perdoa, você fica presa à pessoa. No plano invisível, uma energia te prende como uma corrente a ela. E você não segue em frente. Vai sempre usar isso de desculpa para tudo que der errado na sua vida. A culpa vai ser sempre "dele", do seu passado. E tudo vai dando errado, mas tudo bem, porque não é culpa sua, não é? Você está presa e não quer sair.

— Presa... — Marta repetiu a palavra refletindo sobre aquelas palavras, que doíam, entretanto, mostravam-se como verdade cristalina. — E como eu me liberto, tia? — perguntou, entregando os pontos, após longa reflexão.

— Pare de se fazer de vítima!

— Tia! Eu não me faço de vítima! Eu fui mesmo uma vítima! — defendeu-se, doída na alma.

— Isso! Foi! Chega. Enquanto não se libertar disso, vai continuar se colocando no lugar de vítima, achando que não merece nada melhor, sofrendo por antecipação, sem se arriscar, com medo do seu passado, com medo de ser feliz.

Sua tia tinha razão. Tinha toda a razão. Sua analista lhe dissera a mesma coisa, de certa forma, só que ela tinha sido mais gentil com as palavras. A sinceridade áspera de sua tia, embora dita com doçura na voz, atirando-lhe verdades na cara, confrontava seu íntimo e a intimava para a realidade dos fatos emocionais. Admitir aquilo era deixar de colocar a culpa de tudo "nele" e em sua história e isso significaria que a culpa então de tudo o que fizesse de sua vida era exclusivamente "dela".

— Tome a rédea da sua vida. Passou. Ele ficou no passado. Você não precisa abraçar nem conviver com ele, não é isso. Apenas deixá-lo ir e se deixar ir. Você foi vítima, mas o José também foi quando era criança. E isso justifica que ele tenha errado quando adulto?

— É claro que não. — Ela acompanhava o raciocínio.

— Então, por que acha que ter sido vítima quando criança vai justificar todas as cagadas que você fizer agora que é adulta? Você apanhou na infância. Pois bem, acha que o velho Irineu foi um pai amoroso para o José? Nossos pais só nos dão o que têm para dar. José não teve muito e te deu ainda um pouco mais do que recebeu. O que você vai dar aos seus filhos?

— Filhos?

— É. Você e Benjamin vão ter filhos, não?

Benjamin e ela. Filhos. Nunca tinha pensado naquilo. Evitava até pensar em casamento. Por quê? Por causa de seus pais. A tia estava certa. Ela havia passado muito tempo sabotando a própria vida por conta de outra geração.

— Talvez — respondeu, aérea.

Seu coração começava a serenar e um entendimento maior se apossou dela. Era como se ela estivesse cega até então e começasse a ver a claridade. Um vislumbre da luz.

— Rezar por ele, a senhora disse? — E, de repente, sabendo a história triste do pai, aquilo não lhe parecia mais tão difícil.

— Isso. E ir pedindo a Deus forças para perdoá-lo um dia.

— E minha mãe? Também tenho mágoa dela. Ela não me batia como ele, mas me abandonou.

— A mesma coisa. Reza por ela. Imagine como deve ser infeliz quem abandona a filha e dá os filhos um por um...

Horrível. Marta tinha vergonha de contar a qualquer um sobre o que seus pais fizeram com seus irmãos. Mas tia Edith mais uma vez sabia o que estava dizendo. A conta era de sua mãe, de seus pais, não dela. Ela não tinha de carregar aquilo.

— A senhora também conhece a história dela? Pra ver se eu sinto pena igual...

Igual ela sentiu de seu pai? Pena? Compaixão por "ele"? Sim. E sentiu grande alívio ao ter misericórdia, podia sonhar com um perdão futuro... Só isso já a fazia se sentir toneladas mais leve.

— Mais ou menos. Só sei que ela era de comunidade, sem estudo e que foi abusada sexualmente por um padrasto, dos dez aos quinze anos, quando ela saiu de casa, grávida, com o José. O primeiro filho podia ser do padrasto, mas José gostava dela e quis tirar a garota de lá.

Que reviravolta! Como é que seu pai agressor, aquele monstro, nessa história havia se transformado em príncipe que resgata a dama?

Toda história tinha dois lados mesmo. Sua mãe e seu pai eram pobres infelizes dignos de pena. E ainda assim, a seu modo, tiveram um início de história de amor romântica. Marta começou a chorar.

— É, minha filha, é difícil. É difícil pra quem não recebeu amor, dar amor. Como é que se tem para dar o que não se teve, o que não se aprendeu a sentir, a cultivar? Eles deram o que tinham: muito pouco. Mas pelo menos não te abortaram. Te deram a vida e só isso já é uma dádiva, algo a se agradecer. Você recebeu mais do que eles. Você teve os pais do Benjamin, teve sua avó e tem o Benjamin e a mim. E você pode dar mais do que recebeu! Você pode e deve retribuir o amor do Benjamin como ele merece. Como você merece.

O choro se tornou convulsivo. E mais uma vez ela se aninhou no colo da idosa.

— Eu te amo, tia! Eu amo o Benjamin! Eu amo a dona Elza e o Seu Adilson! E amo a vó Ester! — disse entre lágrimas. — Eu não consigo amar meus pais ainda, mas vou perdoar. Vou rezar um Pai-Nosso e uma Ave Maria por dia pensando neles até conseguir.

— Isso, filha, isso. Vai te fazer muito bem.

Noite enluarada[18]

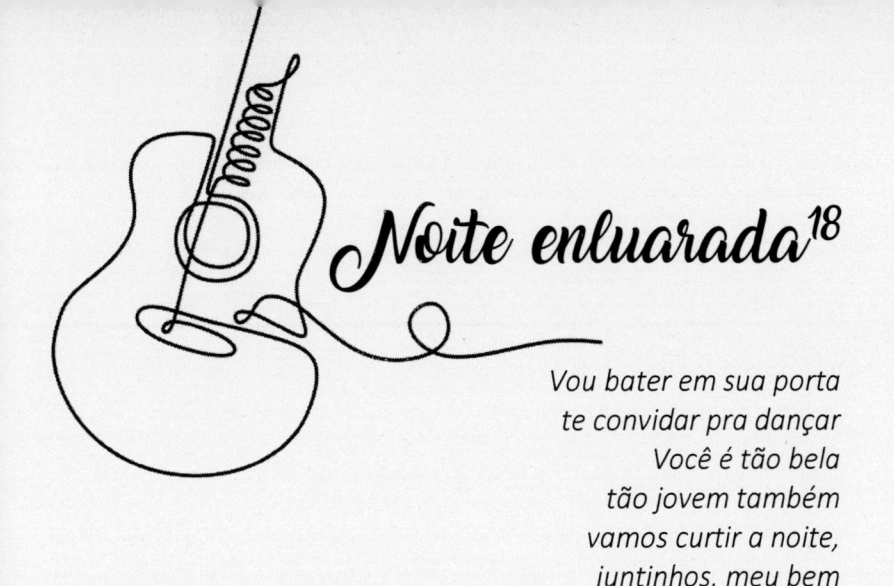

Vou bater em sua porta
te convidar pra dançar
Você é tão bela
tão jovem também
vamos curtir a noite,
juntinhos, meu bem

    Animada com a possibilidade de ser feliz e mais renovada, Marta resolveu que não podia continuar com medo de rever Benjamin. Convidou-o para a festa de rodeio que teria na cidade. Ele ficou encantado com o convite e aceitou prontamente. Comprou passagens de avião para ir na sexta e ficar até domingo.
    Dona Ester, sabendo que ele ia, pediu-lhe para levar as coisas que Marta esquecera. Entre elas, algumas roupas que haviam ficado no cesto para lavar e uma agenda do ano anterior. O livrinho despertou nele extrema curiosidade. Estava cheio de post-its e papéis soltos com anotações. Ele teve que lutar muito, internamente, para não violar a privacidade da namorada. Colocou tudo em sua bagagem de mão, uma mochila, porque sua mala já estava pronta.
    Mal saiu da área de desembarque, já em Goiânia, avistou-a. Ela estava linda, com os cabelos soltos, maquiagem leve, brincos de argolas, calça jeans e uma blusa sem mangas, com um decote delicado. Simples e maravilhosa, como sempre. E assim que ela também o localizou com o olhar, correu para os seus braços. Literalmente. Atirou-se a ele com tal sofreguidão,

---

[18] FERNANDO & SOROCABA (compositor: Sorocaba) "Noite enluarada". In: **Bala de Prata.** F&S Produção Artísticas Ltda., 2008. CD.

que ele chegou a se desequilibrar. Pendurou-se nele com seus braços e pernas entrelaçando-o de forma escandalosa e totalmente espontânea.

Ele adorou a recepção calorosa e surpreendente e colou seus lábios nos dela, ansioso por saciar meses de desejo e saudade.

Após alguns minutos ele a pôs no chão, mas ainda a manteve cativa em seus braços e outro beijo teve início. Quando precisaram tomar fôlego, desgrudaram-se, mas mantiveram ambas as mãos dadas, um de frente para o outro. Precisavam se ver, olhar um para o outro por alguns segundos.

— Nem acredito! Você finalmente me deixou vir te ver. — Benjamin quebrou o silêncio com uma quase queixa.

— Desculpe por isso. Prometo que vamos nos ver mais. Daqui pra frente, as coisas vão ser diferentes.

Benjamin pensou em por que tudo ia mudar a partir de então, mas não quis uma conversa tão complicada naquele momento, nada que pudesse estragar a conexão incrível dos dois que ele estava captando ali naquele instante.

— Acho bom! — disse em tom de ameaça bem-humorada.

Saíram do local de mãos dadas. Com a mão livre ele puxava a mala e levava a mochila às costas.

— Teus segredos — falou ela, do nada.

— Oi?

— A música. Acertei? Fernando e Sorocaba.

Naquele instante viram-se fora da área coberta do aeroporto e Ben olhou para o céu e viu a lua. Cheia, linda.

— Embora eu goste muito dessa música, não, não é. E acho que se a trilha sonora do nosso amor fosse pela noite de hoje, seria outra música deles: "Noite enluarada"— completou, indicando o céu para ela com um movimento de cabeça e olhar.

Ela acompanhou a direção, erguendo as vistas para o céu e abriu a boca, de surpresa. Em seguida, mudou para um largo sorriso. A noite realmente estava linda.

— É essa então? A música? — Ela quis conferir.

— Não, querida. Passou longe ainda.

— Não me diga que é "Mármore"! Meu coração não é de mármore! Como você acaba de ver, me derreti toda com sua chegada!

Ele levantou uma sobrancelha num gesto interrogativo.

— Isso vamos ver. O quanto você está disposta a ser carinhosa comigo neste final de semana? — interrogou com charme e malícia.

— Muito — respondeu, manhosa, fazendo beicinho.

Sim, ela queria ser carinhosa, até melosa com ele. Precisava compensar por todos aqueles meses. O que sua tia disse sobre perdê-lo a deixou preocupada. Não dava mais para imaginar a vida sem o Ben. Ela podia viver com ele em sua vida como seu melhor amigo apenas. Entretanto, jamais conseguiria se afastar totalmente e ele deixou claro que não suportava mais ser só seu amigo. Se seu amigo era também seu amor, tanto melhor, não é? E parte de suas caraminholas sobre amor, casamento, merecer ser feliz estava se dissipando, graças ao tratamento diário, que era a convivência com sua tia. Queria ser feliz e começava a se considerar boba por até então pensar que não tinha essa escolha.

Ben resolveu ficar num hotel. Precisava de mais conforto do que um sofá velho na casa da tia Edith. Seria também um local onde ele e Marta poderiam matar as saudades. E foi o que fizeram, assim que ele fez o *check-in*.

Fazia tanto tempo, que parecia ter sido um sonho! Aquele dia, quando ela lhe pediu que ele fosse o primeiro em sua única noite de amor tinha ficado como uma lembrança suave e doce. A mágica poderia se repetir? Sim, mais e melhor! Marta se sentia mais entregue e livre, como se algo nela tivesse mudado e, para melhor. Ela viveu cada momento, mais ciente de si e do quanto começava a projetar seu futuro naquela relação.

— Eu te amo! — disse numa declaração, que ainda que não fosse nova, apresentava, naquele instante, uma total reformulação de conceito.

Não era mais "Eu te amo, mas vou embora", "Eu te amo, mas não te mereço" nem "Eu te amo, mas não posso ficar com você". Era "Eu te amo e agora é pra valer! Vamos dar um jeito, vamos ficar juntos!"

— Eu também te amo. Sempre — respondeu ele, sem hesitação.

Sem mudança alguma, pois que a amava sem dúvida alguma, repleto de convicção desde... Bem... desde que ela era uma menininha e invadiu o seu quintal e a sua vida.

Ela dormiu com ele no hotel. A festa de rodeio começava naquela sexta à noite, todavia eles preferiram ficar juntos de forma mais íntima, já que poderiam apreciar a festa no sábado. Marta tinha tirado licença do trabalho na sexta e sábado só para poder ficar com ele. No domingo à tarde, Ben precisaria retornar ao Rio.

No sábado pela manhã, ela o levou para conhecer a tia.

— Ô, coisa boa conhecer esse rapaz! — exclamou Edith, logo ao recebê-los no portão, puxando-o para um abraço.

— É bom conhecer a senhora também. A Marta fala muito da senhora — respondeu assim que se desvencilhou do gesto carinhoso.

Tia Edith tinha assado um bolo de fubá para tomarem café. Tudo delicioso, ainda mais com o jeito simples e acolhedor com que a senhora os recebia.

Ela fez perguntas sobre o Rio de Janeiro, sobre as praias e sobre a carreira dele. E ele quis saber sobre as ervas que ela cultivava em seu quintal e sobre o trabalho que ela fazia e sobre o qual Marta havia lhe falado frequentemente. Então, após o café, ela o levou ao quintal para ver as plantas. Entrementes, acudiu ao portão uma senhora com uma filha bem jovem, que visivelmente passava mal, pouco sustentando seu próprio peso e parecendo que podia desfalecer a qualquer instante.

Curioso, Benjamin observou Edith levá-las para dentro e sentar a moça numa cadeira.

Ele cochichou para Marta:

— Eu acho que essa senhora devia levar a moça para um hospital.

— Nem tudo é do corpo físico — Marta sussurrou de volta.

A cena que transcorreu já era comum para a namorada de Ben, embora ela guardasse sempre um deslumbramento e admiração constantes. Ele, contudo, observou o que se passava com olhos investigativos e certo grau de ceticismo.

Com as mãos e os braços erguidos fazendo sutis ondulações acima da cabeça da moça, a idosa murmurava preces. Depois, Marta trouxe um copo d'água e o ofereceu à mocinha, conforme fora orientada a fazer para ajudar a tia todas as vezes que aquele tratamento era aplicado. E Benjamin presenciou, estupefato, a garota se levantar totalmente recomposta e bem, após beber a água.

Mãe e filha agradeceram com abraços. A mãe da garota quis dar algum dinheiro a Edith, que recusou humilde e educadamente.

— Comadre, a senhora já sabe como pagar.

— Dar isso ao primeiro necessitado que eu encontrar? — Ela quis confirmar o que parecia ser a prática ali.

— Isso. E é Jesus quem agradece!

— É que pensei que a senhora podia estar precisando... — desculpou-se.

— Deus já me dá muito, comadre!

Depois das despedidas e recomendações acompanhando as visitantes até o portão, tia Edith retornou à sala. Ben esperava, cheio de indagações.

— A senhora pratica Reiki?

A mulher olhou para ele como se ele estivesse falando em outra língua. Marta também não tinha ideia de a que ele se referia.

— Reiki — insistiu. E viu que teria de explicar o que era. — Tem origem japonesa.

— Bem que eu achei que você estava falando outra língua — comentou a tia, com bom humor.

— É um tratamento oriental da medicina alternativa, que trabalha com os chacras. Basicamente, transfere energia vital para o paciente, com fins curativos.

— Energia, sim. Tudo tem a ver com energia, meu filho — concordou ela, balançando a cabeça positivamente. — Se os nossos pontos energéticos ficam bagunçados, nós ficamos bagunçados. Se deixamos maus pensamentos nos desequilibrar, também bagunça tudo. E aí abrimos portas para más vibrações e influências...

Benjamin não tinha certeza se estava entendendo bem o que dona Edith queria dizer. Ela estaria falando de espíritos? Ele hesitou em fazer a pergunta, já que não estava certo de se ia querer ouvir a resposta, que poderia desafiar suas crenças e balançar sua mente um tanto científica. Seus pais eram espiritualistas e ele meio que sempre preferiu manter uma dúvida saudável.

— Ah, menino! Que coisa fantástica isso! Que bom que a Medicina já descobriu o que nossos pretos velhos e o que todo espiritualista neste país abençoado já sabe e pratica.

Benjamin pensou "Alternativa, medicina alternativa. Pseudociência". Mas não teve coragem de falar em voz alta e esmorecer a alegria daquela senhora.

— Como é o nome mesmo?
— Reiki.
— Olha que chique, Marta! — comentou brincando. — Imagina eu agora falar pro povo que estou fazendo sessão de Reiki em vez de aplicar passe... — E deu uma risada gostosa.
— Passe? — perguntou o rapaz, reconhecendo o termo.
— É, é como chamamos.
— Minha mãe já me falou sobre isso. Ela costumava frequentar um lugar, quando eu era pequeno...
— E não frequenta mais?
— Ela meio que fica indo a lugares diferentes.
— Bom, espiritualidade de qualquer jeito é importante. Eu também sou "eclética" — disse enfatizando a última palavra, recém-adicionada ao seu vocabulário pela sobrinha-neta. — O problema em não se parar em nenhum lugar é que não passa segurança para os filhos e aí, bem, você tá aí, sabe um pouco de tudo...
— E ao mesmo tempo não sei de nada — concluiu o rapaz, bem-humorado, sem nenhum desagravo pelo comentário, que ele entendia ser totalmente pertinente e entendendo bem o que ela dizia.

Talvez tivesse mesmo faltado a ele e ao desenvolvimento de uma fé definida o exemplo dos pais. A inconstância religiosa deles levou-o a muitas dúvidas e a um "acreditar desacreditando", diverso do "acreditar em tudo" de seus progenitores.

A conversa seguiu animada até que tia Edith disse que precisava preparar o almoço para eles. Benjamin então disse que não, que não estava lá para dar trabalho e que queria levá-las a um restaurante no centro da cidade. O convite foi aceito e a tarde transcorreu de forma muito agradável para o trio, com o almoço seguido de passeio.

À noite, o casal voltou à cidade para a festa de rodeio. Marta e Ben se divertiram com os shows e provando comidas e doces nas barraquinhas da festa. E toda vez que tocava uma música sertaneja romântica nos alto-falantes da feira, ela perguntava a ele se era aquela "a música".

Caminhavam abraçados, quando uma voz às suas costas chamou-lhes a atenção.
— Marta!
Ela imediatamente reconheceu o autor do chamamento pelo tom de voz irritante e já levemente embriagado.
Eles se viraram. O rapaz, alto e magro, vestido ao estilo cowboy, encarava os dois com um sorriso irônico. Ben olhou para ela, como a interrogando sobre quem era aquela criatura.
— Ah, oi, Patrick. — E se virando para Ben — O Patrick é da faculdade.
— Ele é o seu namorado misterioso? Aquele que nunca está aqui?— O tom era provocativo e Benjamin fechou o punho direito e cerrou os dentes.
— Estou aqui agora. Você quer me dizer alguma coisa? — desafiou.
Marta o puxou pelo braço para irem embora.
— Vamos, não vale a pena! É só um playboyzinho que bebe até cair todo fim de semana no bar.
— É, e você limpa a minha mesa, né? O que houve? Não tem que trabalhar hoje?
Benjamin perdeu a paciência e a linha. Desvencilhou-se do braço de Marta e avançou sobre o sujeito e o segurou pelo colarinho.
— Acho que você já bebeu hoje também, né? Por que não procura sua turma?
— Ben, solta ele.
— Ele já incomodou você antes? Lá no bar onde trabalha? — indagou entredentes, sem desviar o olhar do sujeito, que oscilava entre o deboche e a apreensão.
— Fala uma gracinha de vez em quando, como outros da laia dele, nada de mais.
— Só elogio, né, meu amor? De como você é gostosinha...
Aquilo foi demais. Ben desferiu um soco no nariz de Patrick, que logo sangrou.
— É, Patrick, eu devia ter avisado que o meu namorado luta karatê. Sei que a tia tá certa quando fala contra a violência, mas Ben e eu não somos santos iguais a ela...
Vacilante e acovardado, Patrick avançou sobre Ben, mas Marta se interpôs entre eles, com a mão aberta para deter Ben. Aproveitando-se desse momento, Patrick colou sua mão na bunda de Marta, que se virou, tomada de fúria.

— Ah, Patrick, eu também não te disse que eu também treinei karatê com o mesmo Sensei e no mesmo *dojo*. — E completou a última palavra acertando o peito de seu pior cliente com um chute que fez Patrick cair a dois metros deles. — Lá no bar você é um cliente babaca. AQUI, você é só um babaca e eu não tenho de te aturar!

Orgulhoso, Benjamin a suspendeu e rodopiou, finalizando a cena com um beijo, enquanto Patrick se sentia derrotado pelos golpes e pelo torpor do álcool, sem conseguir ainda se levantar.

— Minha garota! — concluiu o namorado para sua amada adorável e admirável.

Marta tinha conseguido. Tinha se defendido. Aquilo o fez se lembrar de todas as vezes que treinavam juntos na Vila Olímpica de Mesquita e no quanto ela vivia dizendo isso, que um dia ela ia saber se defender, embora na época, ela se referisse ao pai.

— Eu disse que um dia eu ia conseguir me defender! — pronunciou solene.

Ela sabia que a promessa íntima havia sido feita pensando no adulto agressor com quem morava, ainda assim, o gesto era significativo, pois que provava que ela estava pronta. Nenhum homem, quem quer que fosse teria o poder de machucá-la fisicamente ou abusar dela naquele nível nunca mais. Ela não permitiria. Por outro lado, sentiu-se mal, pois havia agredido alguém.

— Vou ouvir um sermão da tia por isso.

— Eu também não gosto de violência, mas esse cara pediu. Vamos?

Eles deixaram o local antes que o infeliz resolvesse que ainda não era o bastante. A mesma lua do dia anterior ainda fazia do céu um espetáculo singular e eles resolveram caminhar até o hotel, de mãos dadas, aproveitando o ar fresco da noite e sensação de cumplicidade.

— Marta, querida, não gosto da ideia de você trabalhando num lugar onde fica ouvindo gracinhas.

— Eu sei. Eu já estou vendo outra coisa...

Em seu íntimo, Ben queria lhe dizer que ela não precisava "ver outra coisa", que eles podiam se casar, que ela podia fazer faculdade no Rio, que ele não aguentaria cinco anos de distância... Quatro anos e meio. Mas como dizer isso a ela sem correr o risco de perdê-la?

Caminharam em silêncio por algum tempo, cada um com seus pensamentos e considerações sobre o incidente. Tendo-o ao seu lado, ela se sentia morrer só de pensar na partida dele. Era, por vezes, acometida de ímpetos de pedir a ele que a levasse. Eram impulsos de largar a faculdade ali e voltar para o Rio e tentar no outro ano por lá. Por que não? Porque algo ainda a segurava. Orgulho? Medo? Receio de admitir que estivesse errada? Será que ele ia mesmo esperar por ela cinco anos? Quatro anos e meio que fossem, já que seis meses se passaram.

Cada vez que via uma garota bonita fazendo comentários no Instagram dele, ela sentia raiva, ciúmes e aquilo a enlouquecia, porque a culpa era dela. Foi ela quem escolheu ficar longe dele.

Voltaram para o hotel e lá foram felizes por mais uma noite.

No dia seguinte, tomaram o café da manhã no hotel e estavam inebriados de amor, tão contentes com a companhia um do outro, que tentavam aproveitar ao máximo, já tão perto da despedida. Nenhum dos dois parecia querer falar sobre a separação iminente.

Após a refeição, voltaram ao quarto de Ben, para que ele terminasse de arrumar a mala. E foi então que ele se lembrou.

— Ah, caramba! Quase me esqueci! E ia levar de volta!

— O quê?

— Umas coisas suas que Dona Ester pediu para trazer — disse, enquanto retirava as peças de roupa e a agenda de sua mochila.

Acabou deixando a agenda cair no chão. Na queda, papéis soltos se desprenderam do interior do livrinho, espalhando-se pelo chão.

Ele automaticamente se abaixou para recolher tudo, pedindo desculpas pelo acidente. Marta também se abaixou para ajudar a recolher os papéis. Mas o primeiro em que ele pôs as mãos chamou sua atenção e o fez se levantar, observando seu conteúdo, desprezando os demais.

Era um rascunho com anotações e cálculos dela, da nota do ENEM, notas de corte, sua média e o quanto precisava em pontos para três universidades. Uma delas era, claro, a UFGO. No entanto, o que chamou a atenção do rapaz foi a média para a UFRJ. Ela tinha conseguido. Tinha os pontos. Podia estar estudando na UFRJ. Podia estar estudando no Rio!

Ela olhou para ele, lívida, ciente do que ele analisava naquele papel e era como se ela pudesse ler cada um de seus pensamentos e julgamentos. Ele olhou ainda muito tempo para aquela folha de papel. Ela ficou quieta, aguardando a tempestade que viu se formando no semblante dele.
O que ela poderia dizer? Quais desculpas usar?
Quando ele finalmente olhou para ela, seu rosto estampava mágoa e decepção.
— Me diz que isso não significa o que eu tô pensando que significa.

Quando você some[19]

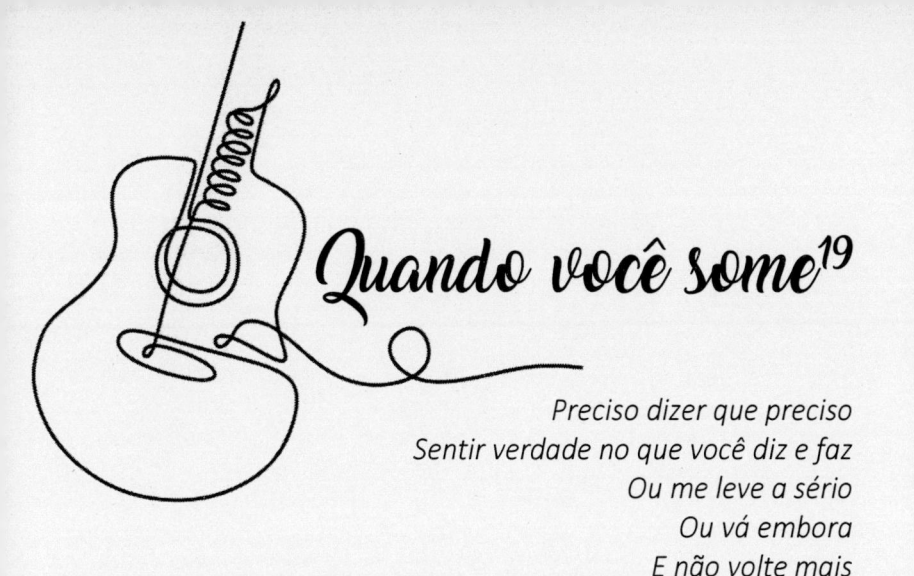

Preciso dizer que preciso
Sentir verdade no que você diz e faz
Ou me leve a sério
Ou vá embora
E não volte mais

— Eu posso explicar — iniciou, receosa, cônscia de que qualquer coisa que falasse sairia como uma desculpa insipiente, algo perturbador, insuficiente.

— Eu acho bom mesmo, porque o que eu estou entendendo aqui é que você tinha pontos de sobra para entrar para a UFRJ, que você podia estar fazendo o mesmo curso, a faculdade dos seus sonhos, no Rio! Seriam as mesmas chances, uma faculdade pública conceituada no estado onde você já morava. Mas em vez disso você preferiu vir para Goiânia, a quilômetros de distância de onde você morava, de onde *eu moro*! Você preferiu, não, você *escolheu* ficar longe de mim!

— É, falando assim, parece bem ruim — concluiu Marta, sentindo-se derrotada.

— Ruim, né? E para completar você me manteve afastado durante seis meses! Era esse o plano? Cinco anos longe, a gente se vendo de seis em seis meses? Você realmente gosta tão pouco assim de mim?

Os olhos de Marta começaram a queimar com lágrimas quentes, que logo transbordaram por sua face, obrigando-a a limpá-las com o dorso das mãos.

— Por quê, Marta? Por quê?

— Porque eu sou uma tonta, cheia de caraminholas... E a gente não tava junto! Lembra? Você tava com raiva de mim e...

---

[19] VICTOR & LEO part. ZEZÉ DI CAMARGO & LUCIANO (compositor: Victor Chaves) "Quando você some". In: **Duetos**. Som Livre, 2016. CD.

Eu achei que ficando longe seria melhor para esquecer você, seguir a minha vida em outro lugar.

— Egoísta! Você já sabia muito bem que eu gostava de você! Sabia porque foi responsável por arruinar o meu namoro com a Tânia! E foi me procurar com a maior cara de pau para a gente passar a noite junto pra depois você seguir sua vida longe? Não seria mais inteligente me procurar pra nos acertarmos e ficarmos juntos? Não. Você fez uma opção para fechar as portas. Você colocou uma barreira entre nós, de propósito! Criou uma dificuldade que não existia. Pra quê? Pra continuar se fazendo de vítima a vida inteira? Se negar à felicidade porque acha que sua família era uma droga e que toda família vai ser uma droga?!

— Ben, por favor! — implorou entre lágrimas, sem recursos ou argumentos.

— Isso é jogar nosso relacionamento na vala! — prosseguiu ele. — Tentar igualar nosso amor ao que quer que seja que unia seus pais... Isso me ofende e me enoja. Minha paciência para esse drama se esgotou! Já deu!

— Ben, por favor! — choramingava, sem ter outras palavras.

— Por favor, o quê?

— Eu tava errada. Eu me arrependo. Se fosse hoje, eu...

— Se fosse hoje? Então tranca essa matrícula e faz vestibular de novo este ano. Pega as suas coisas e vem comigo pro Rio. Agora!

Um ultimato. Estava lá: o que ela própria havia pensado traduzido em palavras. Ela precisava fazer o grande gesto. Mas já? Assim? Por que não? Os questionamentos gritavam em sua cabeça. Mas algo a prendia. Alguma coisa ainda não estava resolvida dentro dela! Deus! Ela o perderia! De novo! Talvez para sempre! Por que não podia dizer sim?

— Eu...

— Então?

— Eu não posso largar tudo assim, de repente...

— Então já fez sua escolha. Chega, cansei.

— Mas, amor, vamos conversar...

— Cansei. Se você pode viver sua vida sem mim, se escolheu isso e ainda escolhe, eu também preciso.

Marta não conseguia argumentar e nem tinha palavras.

— Sai.

— O quê? — Ela era pura dor e espanto.

— Sai do meu quarto de hotel agora.
— Ben!— suplicou, ainda entre lágrimas.
— Não quero que você vá comigo ao aeroporto nem a parte alguma. E se você falar alguma coisa sobre continuarmos sendo amigos, eu juro, eu sou capaz de jogar alguma coisa em cima de você! Volta para sua tia. Diz pra ela que eu adorei mesmo conhecer ela.
— Mas, Ben...
— Sai agora, Marta. Você e eu acabamos aqui. Você sai por essa porta e pronto. E, por favor, não me procure nunca mais. Vou bloquear seu número. Não quero daqui a cinco anos ou quatro anos e meio, tanto faz, ver uma Marta formada em Farmácia me procurando. Até lá, minha vida vai ter seguido.

O que ela poderia dizer? Estava dilacerada. Ele, coberto de razão. E deixava bem claro que a única coisa que poderia salvar o relacionamento dos dois seria ela fazer a opção por abandonar a faculdade em Goiânia. Só isso. Era simples. Mas não fácil. Por que ela não podia dar aquele passo? Não estava pronta? Quando estaria? Seria tarde demais depois. Ele não esperaria mais por ela. Esmagada pelo peso daquela decisão e sem a coragem para mudar seu destino, recolheu suas coisas do chão e se arrastou para fora do quarto.

Ele bateu a porta tão logo ela cruzou a soleira.

Sem adeus. Sem beijo. Sem abraço. "Vou te bloquear.", ele dissera, então, sem mensagens também. Ela olhou para a porta fechada. Pensou em gritar, em bater e pedir perdão, em dizer que sim, que ia com ele sem olhar para trás. Entretanto, seu antigo eu ainda a dominava. A vítima eterna, o trauma, os medos. Caminhou para fora do hotel como um zumbi, sem pensar direito no que seria de sua vida dali por diante.

Não voltou de imediato para a casa da tia. Perambulou pela cidade, olhando as pessoas e imaginando se a vida delas também era complicada... Se eles também complicavam o que era simples.

Tinha expediente no bar naquela noite, mas não queria ir trabalhar lá, nunca mais. Ligou e avisou que não se sentia bem. No dia seguinte pediria demissão. Não podia suportar a ideia de ter que enfrentar Patrick e sua turminha mais uma vez que fosse. Já era muito ter que cruzar com ele na faculdade. Mas lá ele estava sóbrio ou de ressaca e, portanto, sonolento e cabisbaixo. Felizmente havia uma perspectiva: a tia havia indicado outro trabalho.

Quando voltou para casa, trancou-se no quarto e de lá não saiu nem para jantar. Deu vazão ao choro e acabou dormindo em algum momento. No dia seguinte, acordou ardendo em febre. Tia Edith fez seus chás, mas a gravidade da enfermidade parecia pedir antibiótico e ao final da semana ela a levou ao posto de saúde. Marta levou mais uma semana para se recuperar.

Sua tia já havia percebido que o abatimento não era só físico. A menina estava depressiva e nem seus passes estavam ajudando muito. Calculou que fosse pela partida do namorado no início, mas logo percebeu que havia algo mais. No entanto, ficava difícil ajudar ou aconselhar, já que Marta parecia não querer falar a respeito. A moça sabia que a tia a censuraria por sua decisão, ou melhor, falta de decisão. Por isso, evitava a qualquer custo falar no assunto, tendo dito apenas que os dois haviam rompido o relacionamento por causa da distância, isso depois de muitas semanas. A idosa então, apenas suspirou profundamente e balançou a cabeça num gesto de entendimento.

──────────── ♪ ────────────

Benjamin estava arrasado. Quando Marta saiu de seu quarto de hotel, ele se desesperou. Só seu orgulho ferido foi capaz manter firme sua decisão. Quis gritar, chamá-la de volta. Mas, em vez disso, deitou-se de costas na cama e ficou olhando para o teto com lágrimas nos olhos. Esperou tempo suficiente para que ela fosse embora, antes de descer para o *check-out*.

Voltava para casa em condição bem diversa da que estava quando veio. Viera eufórico, cheio de planos. Voltava derrotado, sem Marta. Para sempre.

— Nós terminamos — disse secamente aos pais, quando interrogado sobre sua cara feia e seu humor péssimo.

Fechou-se em si mesmo pelos meses seguintes, sem paciência para nada que não fosse o trabalho. Não procurou garotas. Em seu íntimo, ainda tinha esperanças de que Marta mudasse de ideia, mudasse para o Rio e implorasse para que voltassem. Por isso, apesar de ter dito que a bloquearia nas redes de mensagens, não o fez.

Mas nada. Nem uma palavra dela para ele durante três meses, embora ele soubesse que ela mandava mensagens regularmente para sua mãe, o que parecia uma espécie de traição de uma e de outra. Conteve-se para não perguntar sobre o conteúdo das mensagens. O tempo parecia substancioso em fustigar saudades causticantes.

E um dia o telefone de sua casa tocou com uma notícia surpreendente. José, o pai de Marta, avisava do falecimento de Ester, sua mãe e avó da garota.

Sua mãe foi quem atendeu e conversou. Transmitiu-lhe o básico. E ele entendeu naquele instante que seria difícil se desvencilhar de toda e qualquer lembrança de Marta. Suas famílias tinham relações. Ele poderia não querer vê-la nunca mais, mas sua mãe a tinha como uma espécie de filha, ela passara parte de sua vida dentro de sua casa e seria cruel da parte dele exigir que se afastassem. E lá estava: a perspectiva de vê-la de novo.

Ele quis resistir ao arrastamento de sua vontade não indo ao funeral, contudo seus pais iriam e ele não pôde impedir-se de ceder à expectativa de encontrar Marta fortuitamente.

───────── ♪ ─────────

A capela do Cemitério Municipal de Mesquita não estava cheia. Estavam lá apenas cinco pessoas totalmente desconhecidas de Benjamin, Edith e Marta. Seus pais adentraram o local onde jazia o caixão com o corpo sem vida e se adiantaram em prestar os pêsames às duas. Ele ficou atrás, sério, taciturno. Deixou seus pais falarem e permaneceu mudo.

Fora um câncer no intestino. Já estava avançado. Sofreu um pouco, mas entre a descoberta e o desencarne foi um período relativamente curto de tempo: três meses. Marta ouvia a vizinha de sua avó narrar o ocorrido e queria chorar, mas a estima que cultivava pela avó era bem básica. O relacionamento delas havia sido respeitoso e seco. Sentia o incômodo, certa tristeza pela passagem da anciã, porém as lágrimas não eram vertidas.

Bem diferente seria se quem estivesse partindo fosse a prima-tia-avó Edith, quem ela conhecia há bem menos tempo, mas já amava profundamente. Ao pensar nisso, conseguiu derramar uma lágrima. E quando dona Elza e Seu Adilson a abraçaram, ela as derramou em profusão. Que vergonha! Não pela avó! Mas de saudades deles e do amor de sua vida, que a olhava de soslaio, sem se aproximar.

A fisionomia rígida do rapaz indicava que a reconciliação não estava em pauta. Ainda assim, ela precisava aproveitar o momento. E contando com que ele não a humilharia na frente dos pais, caminhou com decisão na direção dele e o abraçou, chorando compulsivamente. De saudades? Culpa, remorso, dor de amor, paixão, tudo junto.

Benjamin não fez nada para repeli-la, no entanto, não correspondeu ao abraço, deixando os braços caídos em suas laterais. Ela o envolveu ali o quanto pôde, mas ao se ver no constrangimento de um abraço unilateral, soltou-o e o encarou. Em seus olhos encontrou um mundo de ressentimento. Enxugou as lágrimas.

— Meus sentimentos — declarou ele, formalmente.

— Que sentimentos? Se você não pode nem mesmo me abraçar?

— Eu vim por ela — falou, indicando a defunta com um movimento de cabeça —, não por você — concluiu amargamente.

Se ele queria machucá-la, tinha caprichado. Marta engoliu um soluço.

— Então vai ser assim, né? Igual quando éramos crianças e ficávamos de mal? Tá bom!

E ela deu as costas para ele e voltou para perto das pessoas na capela.

Tia Edith pediu licença aos presentes para fazer preces pela alma da falecida e sua voz suave e bondosa tomou conta do ambiente. Suas palavras eram cheias de sabedoria e comoveram todos. Encerrou pedindo a todos que a acompanhassem, rezando o Pai-Nosso e a Ave Maria.

Após a prece, teve início o cortejo. Subiram pela rua central da necrópole e no alto do monte, viraram à esquerda e depois à esquerda novamente. Era um enterro simples, em túmulo de gaveta. Marta entregou as flores que trouxera aos agentes funerários, para que colocassem em cima do caixão, dentro da campa. Mais uma prece de despedida foi feita.

Na marcha de retorno, Marta percebeu que José, em algum momento havia se juntado ao grupo. Só de vê-lo, sentiu o estômago embrulhar.

"Eu te perdoo", ela queria dizer para ele. Precisava. Rezava por ele todas as noites conforme a orientação recebida, pedindo a Deus para que o perdão verdadeiro se alojasse em seu coração. Ansiava pelo alívio que sua tia lhe dissera que alcançaria ao perdoar finalmente.

Notou que o progenitor se mostrava alquebrado e chorava. Era a mãe dele, afinal.

Encerradas as despedidas das outras pessoas na saída do cemitério, seu pai veio até ela. Que bom. Ela talvez não tivesse a força que era necessária para ir até ele.

— Marta. Bom ver você — falou sem jeito, incerto nos gestos, sem saber como ela receberia um abraço, um beijo ou um aperto de mão. — Minha mãe... sua vó.

— É, a vida é assim, eu acho.

— Você parece bem. Tá até conversando comigo...

— Você está bem? — perguntou com interesse sincero.

— Tão bem quanto se pode estar no dia do enterro da mãe...

— Desculpa!

— Tudo bem. Acho que o que você queria perguntar era se estou bem no sentido de se eu não tenho bebido... — Ela não perguntaria daquela forma mesmo. Mas sim, sua pergunta tinha a ver com esse questionamento. — Continuo sóbrio, graças ao Meu Bom Deus! Só Jesus salva, sabe? Cuidado com essa prima Edith. Ela tem umas práticas pouco cristãs...

Ah, de jeito nenhum ela o deixaria falar da tia! Logo ele!

— Eu gosto dela! E ela me ensinou uma coisa muito importante e muito cristã.

— É?

— Perdoar.

A palavra mexeu com ele em um nível profundo, ela pôde ver. Seus olhos se inundaram novamente, preenchidos de emoção em forma de líquido: esperança.

Passando por cima de anos de rancor e mágoa, Marta envolveu o pai em um abraço. Ela pôde sentir que ele tremia ao retribuir ao gesto. Em seguida, afastou-o um pouco e olhou firmemente para ele. Vitoriosa, percebeu que uma das emoções mais funestas que ele lhe causara na infância não existia mais: ela não tinha mais medo dele. E nem ódio. O ódio fora substituído por pena. Então, era hora de dizer aquilo que ensaiara milhares de vezes nos últimos meses, desde que a tia

Edith havia abalado suas convicções e a convencido do poder do perdão.

— Você é meu pai e eu te agradeço por ter me dado a vida. Você não foi um bom pai, mas eu te perdoo.

O velho quase desfaleceu. Chorou e riu ao mesmo tempo, levando a mão à boca, para conter um e outro — choro e riso.

— Obrigado! Obrigado, minha filha! Você não sabe o quanto isso significa pra mim — murmurou, abraçando-a novamente.

De longe, tia Edith, Ben e seus pais observavam a cena. Todos eles tinham absoluta ciência da importância daquele momento.

Quando José a soltou e prosseguiu na prosa, sugerindo que eles talvez um dia pudessem morar juntos ou próximos, no entanto, Marta desconversou, despediu-se e encaminhou-se para junto do grupo. Tia Edith havia explicado: perdoar não significava se colocar em posição de sofrer de novo, arriscar um relacionamento que uma vez já não havia funcionado. Não havia necessidade alguma de morarem minimamente próximos. Perdoou. Pronto. Ele lá. Ela cá. Cada um seguindo seu caminho, ela, não mais acorrentada a ele pelo ódio.

Ela aceitou que trocassem números de telefone. Podia, no máximo, mandar mensagens nas datas festivas. Feliz Natal, Feliz Páscoa... Era isso e tudo ficaria bem assim.

Ele foi embora logo, feliz, com uma alegria genuína e quase vexatória para o dia do enterro da mãe. Mas que fazer se tristeza e alegria caminharam juntas naquele dia? Perdia a mãe, mas recuperava a filha.

Marta, no entanto, ainda não conseguia sentir a paz plena prometida, apenas certo alívio e satisfação íntima. Precisava consultar a tia novamente.

— Tia, eu perdoei. Mas não tô tão aliviada. Por quê?

— Porque você disse as palavras, mas não sentiu elas no coração.

— Então, eu não perdoei de verdade?

— Vamos dizer que deu o primeiro passo. O perdão verdadeiro é construído aos poucos... Leva tempo. Você quase sentiu... Eu sei. Ao se acostumar com as palavras, acaba sentindo o que elas dizem. Você disse as palavras, sentiu. Esse sentimento vai crescer e aí você vai sentir que realmente perdoou. O importante e mais difícil é esse primeiro passo. E dizer causou alegria e alívio para ele. Você fez o bem, o que só vai te ajudar no restante.

Marta suspirou.

— Tem razão. Não 100%, mas me sinto melhor.

Os pais de Ben vieram se despedir. Era meio-dia.

— Vocês já têm voo marcado ou vão ficar hoje no Rio? — perguntou Adilson.

— Daqui a gente já vai para o aeroporto. O voo é às 16 horas.

— Então dá tempo de almoçar — convidou Dona Elza, para ver um Ben extremamente contrariado. — Vai ser um prazer receber a senhora lá em casa, dona Edith.

— Só Edith, por favor, ou então tia Edith, que já estou acostumada. Ninguém me chama de dona. Imagina! Eu não sou dona de nada.

Saíram do cemitério e foram caminhando, já que a residência era relativamente próxima. De propósito, o grupo formado por Adilson, tia Edith e Elza ia à frente, em conversação constante; deixando os dois jovens emburrados para trás. Em determinado momento, Elza se virou para trás e comandou:

— Ben, você e Marta podiam ir ao mercado no centro da Vila Emil buscar refrigerantes pro almoço.

— Mãe! — Ele quis reclamar.

— Ben, por favor!

E ele sabia pelo tom de voz que não era um pedido, mas uma ordem. Mesmo adulto, sua mãe era sua mãe.

— Eu posso ir sozinho... — Ele quis negociar. O problema era justamente ter de ir com Marta.

— A Marta disse que precisa ir à farmácia, aí vocês vão juntos — sentenciou dona Elza sem dar margens a mais discussões.

Ben bufou. Sua mãe o enredou. Será que eles não tinham entendido que entre ele e Marta já estava tudo acabado?

Os ex-namorados, ex-amigos marcharam para o mercado e compraram os refrigerantes sem dizer uma palavra. A mesma coisa se deu na farmácia. Pareciam dois estranhos que apenas por coincidência caminhavam lado a lado.

Ben ardia de curiosidade por perguntar sobre o aparente entendimento dela com o pai, todavia não queria ser o primeiro a falar, nem dar margem a uma reconciliação. Óbvio que queria

149

fazer mil outras perguntas, como se ela ainda continuava trabalhando no bar e ganhando cantadas de bêbados idiotas, como estava indo na faculdade, se sua tia continuava praticando "Reiki" e o mais importante: se ela tinha ficado com mais alguém depois dele.

— Você não vai dizer nada? — perguntou ela, parecendo cansada daquele comportamento ridículo, estacando a caminhada atrás dele e obrigando-o a virar-se para ela.

— Não, mais nem uma palavra e esta agora será a última — sentenciou como uma criança birrenta.

— Tudo bem! Então, sem palavras — concluiu com um sorriso de desafio.

E ela o beijou. Segurou seu rosto com firmeza. E ele cedeu. Beijou-a de volta, com paixão, com falta, com desespero. Quando interromperam o beijo e ele se viu no meio da Vila Emil, com pessoas olhando para eles, pegou as sacolas e marchou para sua rua. Marta apenas o seguiu. Ao chegarem a casa, com um gesto, indicou que ela não entrasse. Deixou as sacolas com sua mãe, pegou a chave do carro e disse que voltariam logo.

Marta, sem entender bem o que ele planejava, viu-se sendo levada a entrar no banco carona. E para onde o cara que não queria falar com ela e parecia determinado a continuarem se comunicando como num jogo de mímica a levaria?

Um motel. Quando o carro parou, ela ficou indignada e ao mesmo tempo, lisonjeada. Ele não queria papo, queria ação. Algo nela se revoltou. Era sórdido. Porém, a vontade de fazer as pazes e certeza daquele amor lhe disse que valia a pena se submeter a outro capricho se no final eles pudessem se entender... Ele ainda a desejava e bastou um beijo para que ela o acendesse. Aquilo era bom.

Entrou no quarto de motel indecisa ainda entre bater nele e ceder ao joguinho do silêncio. Cedeu, é claro. Tê-lo de qualquer jeito era melhor que nada. E quem sabe?

Entre as quatro paredes daquele quarto, os únicos sons que emitiram foram os do prazer que fazer amor um com o outro lhes proporcionava.

Finda a atividade física, ainda sem se falarem, contemplaram-se em adoração e afeto. Como se amavam! E quanta imaturidade! Como se ainda fossem crianças e o que estivesse valendo fosse: "Quem falar primeiro, perde."

E o jogo do silêncio continuava para a tortura de dois corações reticentes.

— Aonde vocês foram? — questionou Adilson assim que eles voltaram.

— A Marta precisava comprar mais algumas coisas mais longe, por isso peguei o carro — mentiu diretamente para os pais.

Os três mais velhos, ao notarem que eles ainda não falavam um com o outro, acharam aquilo, no mínimo, curioso.

Durante o almoço eles falavam com todos, mas não um com o outro, como duas crianças brigadas. Os mais velhos se entreolhavam várias vezes, parecendo estar em dúvida se deveriam ou não se meter. Dona Elza foi quem não se segurou.

— É impressão minha ou vocês dois não estão se falando?

Marta e Benjamin trocaram um olhar preocupado, não queriam ter de sair de suas conchas de alienação.

— Como vocês foram à Vila Emil e depois a não sei onde sem se falar? — insistiu.

Mais silêncio.

— Eu sei que vocês terminaram, mas isso é ridículo! — Dona Elza não estava com paciência.

Silêncio... Cri, cri, cri... Adilson e Edith estavam apreensivos. Adilson, um tanto agoniado.

— Ah, francamente! — Dona Elza tinha perdido a paciência.

— Deixa os meninos, Elza! — pediu Adilson. — Eles se acertam quando tiverem de se acertar.

— Mas eles podem pelo menos ser amigos, não é? Afinal, foram amigos por anos! — concluiu Elza, bufando de frustração.

Os dois não podiam perder o contato, Marta era como uma filha para ela!

Mas não. A última coisa que Ben queria era voltar a ser "só amigo" de Marta, pois ele seria sempre um amigo apaixonado! Triste sina! Coisa de música sertaneja mesmo! Muita "sofrência"!

— O tempo cura muita coisa: mágoa, decepção... Mas o amor atravessa eras — enunciou tia Edith, em um daqueles seus *insights* de sabedoria. — Dê tempo a eles — arrematou com seu sorriso sereno.

Benjamin se levantou contrariado. Ele era um homem. Não precisava que discutissem seus sentimentos ou condição com Marta como se ele não estivesse ali.

— Adeus, dona Edith — disse solenemente e foi se trancar em seu quarto, sem dirigir sequer um olhar para Marta.

Após o almoço, Adilson as levou de carro para o aeroporto. Elza também os acompanhou e pediu desculpas pelo filho, cujo comportamento ela dizia não reconhecer. Elas agradeceram o carinho e Marta, comovida e triste, pensava que podia não ver aqueles pais postiços nunca mais.

Terminar com Ben ia muito além de o fim de um namoro. Ela perdia além do namorado os únicos pais de consideração e o melhor amigo. Reconheceu-se quase abandonada no mundo, não fosse tia Edith. Engoliu o choro por orgulho, no aeroporto, mas desabou no avião e chorou até adormecer. Tia Edith nada disse. Entendeu que ela precisava de tempo e que lágrimas também podiam ser terapêuticas.

Só de você[20]

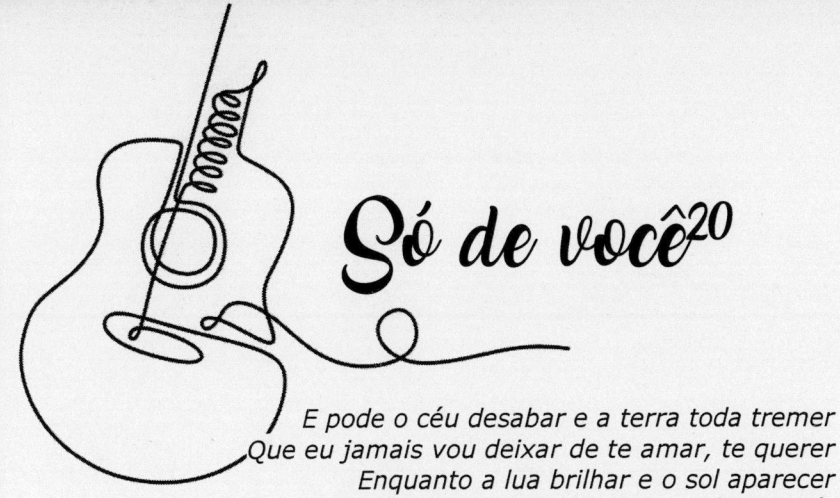

E pode o céu desabar e a terra toda tremer
Que eu jamais vou deixar de te amar, te querer
Enquanto a lua brilhar e o sol aparecer
Juro que meu coração vai ser só de você

"Dois enterros em um ano.", pensou Marta, dentro do avião, novamente voltando ao Rio de Janeiro para um funeral, poucos meses depois de se despedir da avó.

Dessa vez, tia Edith não a acompanhou. O morto em questão não lhe era tão próximo quanto a prima, além de a passagem de avião estar muito cara.

Recebera o telefonema inesperado na véspera daquele dia, pela manhã.

— Marta? Você não me conhece, mas eu sou seu irmão.

Comoção e lágrimas a arrebataram. Não conseguiu responder de imediato.

— Está me ouvindo?

— Estou, estou.

— Então, você era muito pequena e talvez não se lembre de mim, eu sou o mais velho, o...

— Rodrigo! — falou com ele, em meio a um soluço.

Sim, ela se lembrava dele! Muito pouco, é verdade. No entanto, sabia seu nome, sabia o nome de todos eles! Sua memória menos embaçada de Rodrigo era dele a segurando no colo para acalmá-la durante uma gritaria, de uma briga de seus pais.

— Eu mesmo. Estou ligando para... É, estou ligando para avisar que nosso pai faleceu ontem.

---

[20] GUILHERME & SANTIAGO (compositor: Jairo Goes, Rivanil e Everton Matos) "Só de você". In: **Ao vivo em Goiânia**. Sony BMG, 2007. CD.

Marta precisou de alguns segundos para processar aquela informação.
— Morreu?
— É. Teve uma morte súbita por embolia pulmonar.
— Hum, hum.
— O funeral vai ser amanhã à tarde, no Cemitério Municipal de Nova Iguaçu.
— Ah, tá.
Havia um milhão de coisas que ela queria perguntar, dizer a Rodrigo... Mas não por telefone.
— Você vem? — perguntou o rapaz, com um tom de voz que implicava algo a mais que o comunicado de um enterro.
— Vou. Vou dar um jeito — garantiu.
— Ótimo! Vamos poder nos ver.
Era exatamente aquilo que Marta queria. Embora já livre do ódio pelo pai, talvez não fosse ao funeral, caso não houvesse ali a promessa de ver Rodrigo.
— Rodrigo?
— Oi?
— E os outros?
— Ah, eu... consegui localizar todos. O José... — Ele também não o chamava de pai. — Ele me procurou nos últimos meses para se desculpar e essas coisas... Ele melhorou muito depois que entrou para a Igreja. Mantivemos contato e, ele me revelou as famílias que ficaram com a Luciana, a Cláudia e o Beto. E foi a mulher que morava com ele que me avisou do falecimento.
Mais lágrimas inundaram a face de Marta. Ouvindo os nomes, vinham os rostos distorcidos pelo esquecimento, conquanto houvesse a presença vívida da memória dos seres em si e suas essências. Uma saudade dolorosa que a simples menção dos nomes deles trazia mexia com todas as fibras de seu corpo e atingia os recônditos de seu espírito.
— Eu não sei se eles vão. Pelo velho, acho que não. Mas se eu disser que você vai...
— Diga, por favor!
O silêncio do outro lado da linha jazia carregado de significados.
—Tá, eu digo — respondeu, a voz embargada, denunciando que naquela conversa, não era só Marta quem chorava.
— Então, tá. Amanhã nos vemos.
— Isso. Até amanhã, irmã.

Ao finalizar a chamada, Marta deu vazão ao choro de emoção. Não chorava pelo pai, nem conseguia lamentar sua morte. Estava comovida por ter falado com seu irmão depois de... quanto tempo? Ela nem se lembrava. E mais ainda! Havia esperança de revê-lo e aos outros. O sentimento era de extrema felicidade! O funeral de José seria uma reunião familiar. Triste pensar que em vida ele despedaçou sua família e, que só sua morte a reuniria.

Pobre diabo. Marta sentiu fortemente a libertação. Deveras, não estava mais presa a ele pelas correntes do ódio. E pôde perceber que o perdão já era verdadeiro. Reconheceu-se grata por tê-lo dito a ele ainda em vida. Com certeza, ele teria paz assim. Ele lhe dissera que iria procurar os outros filhos e assim o fizera. Não sabia se eles o haviam perdoado também, entretanto, a parte dela estava feita. Rodrigo parecia tranquilo em relação à questão.

Pensando mais uma vez no progenitor, focando na imagem dele contrito, quando lhe pediu perdão e não na do José alterado e feroz, ela fez uma prece pelo espírito dele, torcendo para que tia Edith tivesse razão quando dizia que nenhuma alma após a morte estava condenada para sempre. Que todas poderiam melhorar e continuar evoluindo, que a misericórdia de Deus era infinita.

Benjamin. Seu próximo pensamento foi para ele. Será que ele iria ao enterro? Ela teria a oportunidade de vê-lo? De falar com ele? Sua ausência transpassava sua alma como uma espada. Mas como contatá-lo se ele lhe dissera para nunca mais... No enterro da avó ele foi. Ele a conhecia e lhe tinha respeito... Mas seu pai?

Ligou para dona Elza. Sabia que ela e Seu Adilson não perderiam a oportunidade de vê-la. Eram seus paizinho e mãezinha do coração. E... quem sabe seu ex-namorado, ex-futuro noivo, ex-melhor amigo, ex-vizinho também fosse...? Suspirou com o pensamento. Ardia de saudades.

───────── ♪ ─────────

A primeira pessoa que lhe veio ao encontro no cemitério foi Rodrigo. Ela não o reconheceu, claro. Adulto já, bem distinto da vaga lembrança de um magricelo de treze anos. Agora ele era um homem alto, moreno, bem-vestido. Ele a identificou porque José lhe mostrou as fotos da formatura dela no Ensino Médio.

— Marta?
— Eu.
— Rodrigo. Seu irmão.
Ela mordeu os lábios e estendeu a mão, mas ele a abraçou. O abraço foi icônico. Durou mais que um abraço normal, ela percebeu. Não importava. Que durasse mais de vinte anos de abraços não dados.
Quando se separaram, ele chamou outras pessoas. Luciana, Cláudia, Roberto. Marta se desmanchou em lágrimas e não foi a única. Seguiram-se abraços apertados e beijos em profusão.
Uma família desunida pela ignorância e pelo vício, destruída pela falta de amor, ali se reencontrava. O protagonista da ocasião perdeu a cena, era só a desculpa para ali estarem almas irmãs delituosamente negligenciadas, descartadas, separadas. Agora reunidas e felizes com o momento, que deveria ser de dor, mas se mostrava ditoso pelo benefício que trazia.
Seguiu-se o cortejo, em que foi difícil fazer silêncio, pois havia anos de lacuna a serem preenchidos em pouco tempo de conversa.
Adilson e Elza prestaram suas condolências na capela, mas não ficaram para o sepultamento. Convidaram-na a passar em sua casa depois do enterro, entretanto a ausência de Benjamin lhe dizia que sua presença lá seria novamente constrangedora. O baque de saber que ele não viria, o que significava que ainda estava com raiva dela, foi forte, mas rápido, temporariamente esquecido pela alegria da presença de seus quatro irmãos.
Todos haviam tido sorte com os lares que os adotaram. Cláudia e Roberto ainda foram agraciados por ficarem juntos, com a mesma família. Luciana era grata à mãe que a acolhera, uma senhora viúva e que nunca pôde ter filhos, dona de um estúdio de dança. Assim, Luciana era bailarina e tocava o estúdio da mãe adotiva.
Rodrigo era advogado. O casal que o adotou era ríspido, severo, sem grandes demonstrações de afeto, porém lhe deram instrução e disciplina e ele era grato.
Cláudia e Roberto eram sócios em uma fábrica de bolos caseiros e também não se queixavam dos pais adotivos. Se havia algo a agradecer a José e Valéria era terem sido dados em adoção, ainda que o fato em si deixasse sequelas profundas de mágoa, decepção e dor do abandono.

Felizmente, eles pareciam bem resolvidos. Bem mais resolvidos que ela, que não foi dada a ninguém, que ficou lá... até ter de ir para um abrigo e depois ficar com a avó, pensou Marta.

Nenhum deles nutria qualquer tipo de afeição por José, é verdade. Seu sepultamento punha uma pá de cal, metaforicamente, em parte da história de todos eles.

— Que Deus tenha piedade de sua alma! — falou Beto, um pouco alto demais, nitidamente, o mais revoltado dos quatro.

Voltando da colina, onde o corpo foi depositado, seguindo o cortejo, Marta reparou em uma mulher que seguia o grupo a certa distância. Primeiro lhe chamaram a atenção as roupas vulgares e mínimas, algo no mínimo desrespeitoso para um enterro. Ela usava um shortinho jeans muito curto e esfarrapado e apenas um top de lycra, pequeno para o tamanho de seus seios. Calçava chinelos. Era magra, principalmente nas pernas, usava unhas postiças muito compridas, pintadas de azul. O cabelo loiro platinado contrastava com o tom moreno escuro de pele e seu rosto exibia sobrancelhas exoticamente esculpidas em henna e maquiagem pesada para a claridade do dia e exagerada, com longos cílios postiços.

O visual em si não deveria causar nenhuma admiração, já que se tratava de modelo seguido corriqueiramente nas ruas de todo o Estado do Rio de Janeiro, mas foi o conjunto de tudo, somado aos trejeitos e à fisionomia, que trouxeram a Marta a sensação pulsante de familiaridade.

— Rodrigo, aquela ali...? — iniciou sua indagação para confirmar suas suspeitas.

—É, é sim. É a nossa mãe.

Os outros irmãos seguiram o olhar deles e Marta viu desprezo no modo como a fuzilaram com os olhos.

— Será que nós devíamos...? — Novamente iniciou uma pergunta, sem concluí-la, ciente de que seu irmão entenderia as meias palavras.

— Marta, eu não vou. José nos procurou. Ele errou. Ele era um bêbado. Mas ele nos procurou. Pediu perdão. Eu perdoei, os outros eu não sei. Mas eu perdoei. O que não significa que eu tenha qualquer sentimento afetuoso por ele. Só pena. E acho que tanto ele quanto ela nos fizeram um favor. Mas essa

mulher nunca nos procurou. E pelo jeito não vai ser hoje também que vai. Eu é que não vou até ela.
— Mas você não tem curiosidade? De saber...
— O quê? Por que ela nos abandonou? Eu já sei.
— Você sabe?
— Marta, você era só um bebê quando eles resolveram sair nos distribuindo por aí... Mas eu, aos treze anos, cuidava de todos vocês. Eu já era mais adulto do que ela. Ela parecia uma criança. Uma criança perdida, sensualizada, sem noção, sem a menor ideia do que estava fazendo. Era uma cabeça oca. Eu não tenho raiva dela. Também já deixei passar, mas essa mulher nunca soube o que é ser mãe, nem mesmo depois de ter parido cinco filhos. Sabe, parece que têm mulheres que só conseguem ser fêmeas, a maternidade não as toca, são insensíveis. Eu sei que ela sofreu abuso dentro de casa e tal... Mas, Deus! Nós éramos crianças e precisávamos dela! Olha pra ela! Digna de pena, não é? Olha como se esforça para se mostrar sensual, mesmo com a idade que ela deve estar agora... Como expõe o corpo... Só existe isso para ela.

Marta observou e entendeu o que o irmão quis dizer. Mesmo assim, ela precisava ir até lá e perguntar. Estranhamente, nunca odiou realmente a mãe. Não como odiou seu pai. Em sua mente, talvez tivesse criado desculpas para ela e a colocado no lugar de mais uma vítima dele... Talvez... Porém, o ressentimento estava lá e ela precisava novamente perdoar e seguir em frente como fez com José.

A caçula da família respirou fundo e foi até a mulher.
— Mãe? — chamou, hesitante.
— Quem é você, garota? Por que está me chamando de mãe?

Marta então se colocou perto dela e percebeu a diferença entre elas, a começar pelas roupas. A garota vestia calça jeans e uma blusa simples, seus cabelos eram naturais, apenas domados por creme para pentear e usava apenas batom e lápis. Simplicidade versus extravagância. Era discrepante. Será que se ela a tivesse criado e educado, Marta se vestiria assim e teria vários filhos para espalhar pelo mundo?
— Mãe, sou eu, Marta. A sua caçula.
— Ah, tá. Aquela tripinha... É que eu... Faz tempo que ninguém me chama de mãe, né? Você lembra que eu não gostava?

Marta sentiu confranger seu peito. O que ela esperava? Ah, sim, um abraço, um pedido de desculpas... Contudo, a mulher à sua frente não demonstrava nenhuma emoção, muito menos maternal. Sua atitude era fria e distante. E se referiu a ela, depois de tantos anos, como "tripinha"... Bem parecido com como o pai lhe chamava: trapo, traste...

— Por quê? Por quê, mãe?

— Por que eu vim ao enterro desse miserável? Pra ter certeza de que está morto! E se esse desgraçado deixou alguma coisa de valor, eu quero! Sou casada com esse bosta no papel.

— Pelo que eu sei, ele não tinha casa nem carro e devia o aluguel há meses... — comentou, mesquinhamente, feliz por decepcioná-la de alguma forma.

— Mas tinha uma geladeira? Um fogão? Uma televisão? O que ele tiver, eu quero. Não quero saber da vagabunda que estava morando com ele. Eu tenho meus direitos...

Aquilo era deprimente. O homem morreu e ela queria alguma vantagem material, ainda que fosse algo tão pequeno como um eletrodoméstico. Era uma atitude pequena de uma pessoa pequena... Uma criança, seu irmão dissera.

— Não foi isso que eu perguntei, mãe.

— Ô, garota! Para de me chamar de mãe. Olha pra mim! — falou dando uma voltinha e uma rebolada. — Vê se eu tenho cara de mãe de alguém! Eu sou no-va! E eu tô ga-ta!

Marta quase riu para não chorar. Aquilo era patético. Ela se sentia patética. Entretanto, precisava ir até o fim. Ela precisava ser mais direta.

— Valéria, por que você me abandonou?

— Te abandonar?

— É — confirmou num fiapo de voz, segurando o máximo um choro dolorido que ameaçava romper.

— Você já tinha uns nove anos, já tinha idade pra cuidar da sua vida!

— Nove anos? Você acha que nove anos é idade para...? — Marta mal podia acreditar no que tinha ouvido. Era sério aquilo?

— E você não ficou sozinha. Ficou com seu pai. Eu é que não ia ficar ali com aquele traste, levando surra todo dia!

Marta soluçou e riu ao mesmo tempo: era trágico e cômico.

— E a senhora não pensou que me deixando sozinha com ele, eu é que levaria as surras?

A progenitora olhou para ela como se estivesse ouvindo uma língua incompreensível para ela. Aquela mulher parecia viver em outro mundo. Naquele em que crianças de nove anos já podem cuidar da própria vida, onde a maternidade não implica responsabilidade ou que dar filhos e cair fora na hora em que as coisas estão ruins é uma atitude sensata e normal.

— Ô, garota! Vê se cresce! Tá aí chorando coisa do passado. Eu vazei e fui cuidar da minha vida! Vai cuidar da sua! Vê se arruma um homem... Embora, desse jeitinho aí... Sei não.

Marta riu e chorou ao mesmo tempo. De novo. Seu irmão tinha razão. Ela era uma criança. Não no corpo, mas ali estava uma criança espiritual, ainda engatinhando nas leis da vida, sem a mínima consciência moral ou de dever, de amor... Não compreendia o básico, como o amor incondicional, a abnegação e devotamento que a maternidade carrega.

Talvez ela tivesse tido uma família tão ruim, que não teve a chance de ser amada ou de aprender esses valores. Muito provavelmente esse seria o caso. E ninguém pode dar o que nunca se teve. Todavia, ela lhe dera a vida. Ela não tinha sido abortada e ao menos por isso seria grata a Valéria.

Mais uma vez, agradeceu aos céus em silêncio, por ter tido a oportunidade de encontrar Benjamin e seus pais, que a amaram de um jeito que ela não conhecia e, mesmo a avó seca, mas que dedicou o que podia a ela. Se ela era diferente daquela senhora ali na sua frente, tinha de agradecer àquelas pessoas. Ainda assim, lembrou de o quanto foi difícil de confiar, de amar de volta, sempre esperando que o pior acontecesse e que eles também lhes voltassem as costas.

Pensou nas repetidas vezes em que negou o amor de Benjamin, por medo. Medo que só o que existisse fosse aquela relação doentia que uniu seus pais. Viveu duvidando de que pudesse ser feliz, que pudesse merecer ou talvez corresponder a todo aquele amor. Compreendeu então em seu íntimo, que a falta até os nove anos resultou em relutância e renitência.

Como fora tola! Tinha, sim, aprendido a amar e compreender valores morais e de devotamento. A prova estava ali diante de seus olhos. Ela não parecia em nada com sua mãe. Até fisicamente era difícil se perceber um elo, embora certamente ele existisse. E igual a ela era uma pessoa totalmente diversa, sua vida nunca teria nada a ver com a dela ou com a de José.

Deus! Ela se sentia muito grata e quis agradecer novamente, porque vivia um momento de epifania. Era como se um véu fosse retirado de suas vistas e ela finalmente enxergasse.

— Tudo bem. Eu perdoo você — proferiu as palavras de forma solene.

As palavras precisavam ser ditas com solenidade para serem absorvidas e sentidas no coração. E ela as sentiu.

— Ô, garota! Quem é você para me perdoar de alguma coisa? Eu, hein!

— Eu perdoo, porque eu quero me libertar — explanou mais para si que para a mulher. — E, deste momento em diante, eu estou livre de você — concluiu solenemente e deu-lhe as costas para ir se juntar aos irmãos.

Ouviu que a progenitora xingou alguns palavrões, contudo não importava. Ela não podia mais atingi-la.

Dali todos foram para um barzinho. Seria uma comemoração? Não pela morte do pai, é claro. Nem pela visão da mãe, que todos desprezavam, mas pelo reencontro de uma família.

Quando o brinde foi feito com copos de suco e refrigerante, Marta sorriu satisfeita com a compreensão de quão profundas e positivas podem ser as lições dos maus exemplos. Porque não se aprende só com o bom exemplo, o mau é um alerta do que não deve ser seguido.

Mais tarde, no início da noite, perto do horário em que deveria ir para o aeroporto, pensou em deixar o voo partir sem ela. Agora que se sentia totalmente livre de qualquer trauma ou medo, queria se jogar aos pés e nos braços de Benjamin e pedir perdão. Não teria problemas em implorar para que eles voltassem. Mas ele não acreditaria. Ela precisava provar.

No Uber que pegou para o aeroporto, na rádio tocava uma canção de Guilherme e Santiago e ela se viu cantarolando junto, sem conseguir evitar e sem se preocupar com o julgamento que o motorista faria dela. Os versos só remetiam seus pensamentos a Ben. *Enquanto a lua brilhar e o sol aparecer/ Juro que o meu coração vai ser só de você...*

Seu coração sempre seria dele, então era estupidez deixá-lo ir. Ela precisava dar um jeito em tudo aquilo bem rápido. E ela já tinha um plano.

Promessa[21]

Vou viver esse amor com alegria
E a cada amanhecer eu te juro
Vou te amar mais e mais cada dia
Vou te amar mais e mais cada dia

— Ô, minha filha! Vou sentir saudades! — disse Edith, em meio ao abraço que dava na sobrinha.
— Eu também. A senhora é a melhor pessoa que eu já conheci! — respondeu Marta, ao se desprender do abraço.
— Deixa disso. Eu não sou nada de melhor, menina! Eu sou uma formiguinha nesse mundão de Meu Deus!
A moça sorriu. Ela sabia que a tia não era afeita a elogios, sempre humilde.
— Mas não pense que eu não vou voltar. Venho visitar sempre que der!
— Acho bom!
— Tia — iniciou, mudando o tom para mais sério.
— Hum?
—Eu aprendi mais com a senhora esse ano, que nos dois semestres de faculdade.
— Imagina, menina!
— A senhora devia ser considerada uma doutora. Doutora da vida e das plantas! — arrematou num riso largo.
Edith balançou a mão no ar, num gesto que indicava que aquilo era uma bobagem.

---

[21] JOÃO CARREIRO & CAPATAZ (compositor: Capataz e Gustavo Santana) "Promessa". In: **Ainda mais brutos.** D Music, 2014. Spotify e You Tube Music.

— É sério. Muito obrigada! Sou uma nova pessoa. Aprendi lições valiosas que vou levar para minha vida. E agora eu sei que eu posso e mereço ser feliz.
— É, e por falar em felicidade, vai e vê se não deixa escapar a sua.
— Tá... É, eu tô com medo, tia...
— Medo de quê? Não disse que superou os medos? Que tava pronta?
— Disse, mas agora, meu medo é que seja tarde...
Tia Edith refletiu.
— Se for para vocês ficarem juntos, vão ficar. Tudo tem um tempo certo para acontecer.
— Pois é. E se o tempo certo já tiver passado? Se eu chegar lá e ele estiver namorando outra garota?
— Aí você espera. Vai até ele e diz o que tem que dizer e ele faz a escolha dele. Você espera. Se ele te ama, como eu percebi que ama, o tempo certo vai chegar para você.
— E se ele não me perdoar? — falou a voz da angústia, de temores profundos.
— Minha querida, você já conhece o poder do perdão. Você perdoou coisas que muitos considerariam imperdoáveis e que por muito tempo foram assim para você. Por que acha que um rapaz bom e apaixonado como Benjamin não vai perdoar uma briguinha de namorados? Vai até ele. Fale. Sem medo. Conte tudo. Abra seu coração, sem reservas.
— Eu vou, tia. Eu vou. Nem que eu tenha de fazer isso na frente de outra pobre garota que esteja iludida com ele. Porque eu sei ele me ama. Eu o amo e a gente... A gente sempre foi pra ser...
— Assim é que se fala! Essa é a minha sobrinha-prima-neta!

———————— ♪ ————————

Rodrigo foi buscá-la no aeroporto. Eles passariam a tarde juntos e à noite, ele a levaria para a casa de Luciana, que morava em Mesquita, portanto, mais perto de seu alvo. Haviam combinado passar o Natal lá. Tinha avisado dona Elza que ia para o Natal, mas que ficaria com a irmã. Passaria por lá na véspera, cedo, um pouco antes, mas estaria com seus irmãos na casa de Luciana, na virada. Precisava sondar a situação com Benjamin antes de...

Chegando na antevéspera de Natal, teve tempo para se situar na casa da irmã, conversar, compartilhar seus planos para o próximo ano. Estar com uma pessoa da família e ter tanto assunto para atualizar ajudou a aplacar a ansiedade por rever Ben e, mais que isso, encontrá-lo pronta para dar o salto para a felicidade. Sim, agora ela queria tudo: casamento, filhos, casa, uma família. E seria uma família linda e nada parecida com a dela. Ela seria, sim, uma boa mãe, pois se esforçaria para ser tudo o que ela sempre quis que Valéria fosse, algo bem parecido com o que dona Elza foi para Benjamin. E ele seria um pai maravilhoso!

— Mana, que lindo! A história de vocês parece coisa de livro, de filme!
— Tá mais para novela mexicana, Lu, em vários capítulos. Anos de capítulos!
— E agora chega ao capítulo final?
— Eu acho que sim. E eu tô torcendo para que seja aquele final de novela que tem casamento em igreja.
— E aí vocês vão começar outra história...
— É, uma em que finalmente ficamos juntos.
— Vai dar tudo certo.

Marta realmente acreditou nas palavras da irmã, sentia-se próxima de uma resolução em seu longo caso de amor juvenil. Ela precisava, necessitava daquela conclusão.

───────── ♪ ─────────

Às 18h em ponto, Marta já estava diante da porta da casa da família Assis, com uma sacola grande de presentes para Seu Adilson, Dona Elza e para Ben. Para ele separou um porta-retratos com uma foto dos dois e um envelope contendo o protocolo do trancamento de matrícula da faculdade dela. Ela havia feito novamente o ENEM e estava certa de que passaria para a universidade no Rio. Tinha feito um excelente exame. Contudo, ainda que não conseguisse, não importava, tentaria até conseguir. Só nunca mais queria desgrudar de seu amor!

Ela tocou a campainha. Uma moça bonita, clara, com cabelos escuros e ondulados abaixo dos ombros, veio atender.

— Oi! — cumprimentou a estranha com uma alegria genuína.
— Oi, é... Eu...
— Você é a Marta, né?
— É, sou eu.

— Que legal! É você que é praticamente da família! E a gente nunca se conheceu! — disse efusivamente, puxando Marta para cumprimentá-la com beijos nas faces. — Eu sou a Doralice.

Doralice? Benjamin havia falado em uma Doralice uma vez... Quem era ela? Se ao menos ela se lembrasse... Que ela não fosse o que ela temia que fosse!

— Ah, deixa que eu levo lá para dentro! — anunciou, já tomando a sacola das mãos de Marta, avançando para a porta de entrada e fazendo com que a garota tivesse de segui-la.

— Mas eu vou entregar... — começou a protestar sem conseguir muita veemência.

— Não, vamos deixar para trocar presentes à meia-noite.

— Mas eu não vou ficar até essa hora...

— Ah... — Ela era pura decepção. — Ah, vai, fica, vai — pediu carinhosamente.

— Eu não...

— Vou te contar um segredo — disse em tom de confissão. — Você precisa ficar, porque hoje à meia-noite, vamos aproveitar que a família toda vai estar reunida, a minha e a dele e nós vamos ficar noivos.

— Va-va-vão? — gaguejou a universitária de Goiânia, sentindo um mal-estar tamanho, que parecia que ia ter um treco. — Quem?

Ela precisava confirmar antes de sofrer uma síncope.

— *Eu* vou ficar noiva! — anunciou Doralice com um sorriso que mostrava todos os seus dentes brancos e bonitos.

— Tá, mas... — Marta estava entre o desespero e a incredulidade.

— Do rapaz mais incrível que existe! Agarrei esse marujo! Ele vai ser oficial de Marinha, você acredita? Nunca me imaginei casando com um militar, mas o coração nos traz muitas surpresas — tagarelava alegremente a outra, enquanto Marta sentia seu mundo cair, a cabeça girar e o estômago enjoar.

Oficial de Marinha? Cara incrível? Era Benjamin! Ela demorou muito! *Mui-to*! Não encontrou uma namorada apenas, mas uma noiva! Aquilo era demais. Ela não poderia suportar. E era tudo culpa sua por ser tão difícil e complicada e ter levado tanto tempo para superar tudo e se resolver.

— Felicidades — murmurou antes de começar a andar de ré, em direção ao portão da rua, querendo sair dali o mais rápido possível. — Eu... Eu volto mais tarde então, para a surpresa — mentiu. Não tinha a menor intenção de voltar.

— Não quer ficar de uma vez? — insistiu a outra.

— Não, já que é meia-noite, volto depois, preciso ficar um tempo com a minha família. Prefiro voltar depois, então.

Ela preferia nem ter vindo. Céus! Ela garantira à tia e a si mesma que falaria para ele, ainda que na cara de uma namorada. Mas uma noiva? Ela não tinha o direito de estragar um noivado. Como arruinar o sorriso daquela moça tão feliz? Ben a odiaria ainda mais.

"Aí você espera", dissera a tia. Mas esperar o quê? Até eles se divorciarem?

Depois que cruzou o portão, correu literalmente para a casa da irmã, chorando. Chegou quieta a casa, mas já sem lágrimas. Entrou e olhou para Rodrigo, Cláudia e Beto na sala, abraçou um por um carinhosamente. Eles pareceram notar que algo estava errado, mas ninguém perguntou. Luciana, que sabia aonde a irmã tinha ido e para quê, estava de pé, com um olhar inquisidor.

— Eu vou ao banheiro — desculpou-se Marta.

Ela precisava de um momento de solitude para digerir a "pancada" que havia levado. Do banheiro, foi para o quarto da irmã e se sentou um pouco na cama, olhando para baixo, tentando organizar suas emoções.

— O que houve? — Luciana perguntou, assim que adentrou o quarto.

É claro que ela ia querer saber. Para começar, nem era para ela estar ali tão cedo de volta.

— Ele vai ficar noivo hoje.

— Que merda!

— Deixei a bolsa com todos os presentes e o envelope lá... Caramba! Se ele olhar o envelope...

— Noivo ou não ele vai saber. Aí você fez a sua parte.

— Só vão trocar presentes meia-noite... Se eu fosse lá e pegasse o envelope...

— Pra quê? É bom que ele saiba que você fez o grande gesto...

— Não quero atrapalhar o noivado dele... Dela... Se você visse o quanto ela é fofa e linda e estava tão feliz!

O toque de seu celular interrompeu a conversa e os pensamentos.

— Alô. Marta? — Era a mãe do Ben.
— Oi, dona Elza.
— Vem pra cá, filha! A Doralice disse que você vai voltar mais tarde e...
— É, na verdade eu acho que não vai dar...
— Marta! Você tem que vir! Vai ter um noivado hoje.
— Estou sabendo. Mas estou aqui com meus irmãos.
— Você pode ficar com eles depois, amanhã... A sua irmã mora na rua Fausto, né? Naquela casa amarela?
— É, mas...
— Benjamin tá indo aí te buscar.
Benjamin? Não!
— Não!
Tarde demais. Dona Elza se despediu rápido e desligou.
Dez minutos depois, ela ouviu a buzina e seu coração disparou. Olhou para Luciana com um ponto de interrogação no rosto.
— Ela mandou o Ben me buscar.
— Então vai.
— Não posso.
— Você precisa pôr um ponto final nisso. Seja uma despedida ou o que for.
— Você acha?
— Acho.
Da sala, seus irmãos estavam gritando que Benjamin estava esperando por ela no carro. Ela passou por eles e prometeu que passaria mais tempo com eles no dia seguinte. Saiu e na calçada olhou para ele dentro do carro. Tão lindo, tão... Um oficial de Marinha, maravilhoso com ou sem uniforme, como era o caso no momento. Só que para ela, ele era aquele garoto que a acolheu em casa e a salvou de uma surra terrível de seu pai, o seu amigo de infância, o seu Ben.
Marta sorriu sem vontade e entrou no carro, ao lado dele. A rádio tocava uma música sertaneja em volume bem baixo.
— Oi, Marta!
— Oi, Ben!
Pelo menos ele estava falando com ela... Opa! Mais que isso, ele a abraçou e encaixou seu queixo entre o ombro e o pescoço dela, repousando ali a cabeça, como se ali fosse seu lar. Marta se acomodou como pôde ao abraço dele, vexada de pensar no

quanto os músculos dos braços e ombros dele eram firmes e atraentes.

Quando ele a soltou, ela o encarou com dúvida nos olhos. Eles estavam bem? Eram amigos de novo? Agora que ele ia se casar, eles seriam apenas BFF? Seria possível tal condição? Uma migalha para quem já teve Ben por inteiro, todavia melhor que nada? Ou o nada seria preferível?

— Vamos? — perguntou ele, girando a chave e ligando o motor do carro. — Já tá todo mundo lá.

— Vamos — concordou.

Ela olhou no espelho retrovisor. Tinha caprichado na maquiagem, embora agora um pouco desbotada depois do choro. O vestido era novo. Fez o cabelo. Tinha consciência de que estava bonita. Havia se arrumado para cair nos braços dele, mas ao menos teria dignidade para o momento derradeiro de sua perda.

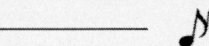

———————— ♪ ————————

A casa estava cheia. Marta foi apresentada a muitas pessoas. Um rapaz chamado Nelson estava lá com pessoas de sua família e lhe foi apresentado como o melhor amigo de Benjamin.

"Nem em seus sonhos, querido", ela pensou. "Se é isso que me resta, esse título é meu! Eu sou a melhor amiga!"

Marta ficou ali, em meio às pessoas, meio aérea. Ninguém lhe deu muita atenção, então ela ouvia uma ou outra conversa, pouco participava. Estava ocupada mantendo suas emoções sob controle para não desabar e entrar em outra crise de choro.

Havia pessoas na casa toda: no quintal, na sala, nos quartos. Ela olhou para a tevê, anunciando o especial do Roberto Carlos que ia começar, então viu Doralice e Ben juntos pela primeira vez. Ela veio da cozinha, onde ficava a maior parte do tempo, ajudando, trazendo um prato de rabanadas para colocar sobre a mesa da sala e Ben cochichou alguma coisa ao ouvido dela e ela riu.

Marta odiou a cena e a cumplicidade entre os dois. Doralice logo voltou para a cozinha, alívio. No entanto, a hora do martírio se aproximava. Ben ficou olhando para ela, enquanto comia rabanadas. Ele estava rindo? Sentia-se vingado? Era isso? Tripudiava? Ia esfregar na cara dela o noivado?

Não aguentou. Levantou-se e foi para o quintal. Lá puxou uma cadeira e se sentou perto da roseira, admirando a beleza daquelas flores.

♪

Perto da meia-noite, todos foram convidados a se aglomerar na sala para uma contagem regressiva.

— ...três, dois, um! Feliz Natal — gritaram em uníssono.

Em meio aos abraços, beijos e entrega de presentes, vieram os brindes. E foi nesse momento que a mão de Marta tremeu segurando uma taça de champanhe que ela não tencionava beber. A vacilação emocional se devia às palavras de Doralice, pedindo atenção. O rosto da jovem nubente estava iluminado por um sorriso doce, inocente e genuinamente ditoso. Marta teve de lutar contra o sentimento negativo de inveja que queria se instalar em seu ser. Até porque ela reconhecia que Doralice era um anjo e merecia aquela felicidade, que ela própria rejeitara tantas vezes. A moça bateu em sua taça com uma faca, fazendo-a tilintar e definitivamente anunciando uma boa nova.

Marta se continha para não chorar e nisso fazia grande esforço e empenhava sobre-humana concentração, tanto que levou um susto ao perceber que Benjamin estava ao seu lado. Ela olhou para ele e ele sorriu, enigmático. Sem saber o que pensar, a ex-melhor amiga de Ben voltou sua atenção novamente para Doralice, estranhando que Ben não estivesse lá, ao lado da moça.

Em vez dele, era Nelson quem estava posicionado ao lado da garota que ia anunciar um noivado. E foi ele quem tomou a palavra.

— Pessoal, vocês sabem que o Ben é meu melhor amigo e fiquei bem preocupado quando descobri que estava apaixonado, porque, bem, o Ben podia ficar uma fera comigo! Afinal, namorar a prima dele! Mas ele levou de boa e estou muito feliz de entrar pra família de um cara que já considero um irmão! — discursou o rapaz, tão animado quanto Doralice. — Por isso, quero anunciar a todos o nosso noivado. Doralice e eu agora ficamos noivos!

Uma salva de palmas eclodiu no ambiente, junto de gritinhos de "u-hu". Nelson tirou as alianças do bolso, colocou a da noiva nela e entregou a outra para que ela a pusesse em seu dedo.

Trocadas as alianças, o casal se beijou apaixonadamente, sendo ovacionados.

O cérebro de Marta levou alguns minutos para processar a informação. Doralice não estava ficando noiva de Benjamin. Ela era sua prima e estava ficando noiva de Nelson, melhor amigo de Ben.

A reação emocional foi mais rápida. Lágrimas desceram por sua face. Ela queria rir e chorar ao mesmo tempo. De alívio. De alegria.

Sentiu a mão de Ben procurando a sua e a aceitou sem resistência, apertando-a com firmeza, querendo mantê-la ali para sempre. Ergueu os olhos para ele, cheia de esperança e ansiedade.

— Vamos lá para fora? — convidou ele.

Ela concordou com a cabeça e se deixou conduzir, sem sentir suas pernas caminharem. Era como se levitasse.

No quintal, próximos à roseira de dona Elza, eles pararam um de frente para o outro. Ele soltou sua mão e a encarou.

— Você está bem? — indagou.

— Estou — respondeu, tímida.

— Você estava chorando... — Ele havia reparado.

— Não é nada, é... Eu...

— O quê?

— Eu pensei que... Como eu sou boba!

— Ah, você é boba mesmo. Acreditou esse tempo todo que eu tinha bloqueado o seu número — falou com bom-humor.

— E não bloqueou? — Ela estava sinceramente surpresa.

— Não mesmo.

— Então por que não me disse? Por que não me mandou mensagem?

— Orgulho — admitiu francamente.

— Ãh! — exclamou com um suspiro, refletindo sobre todas as vezes em que pensou em enviar uma mensagem e não o fez por temer estar bloqueada.

— Mas não era isso que você ia dizer, né?

— Não, eu...

Será que ela conseguiria? Poderia dizer a ele com sinceridade todos os seus sentimentos? E por que não? Por orgulho? O orgulho e sua teimosia já os tinham separado por tempo demais.

— Eu pensei que...

— Pensou?
— É, eu... pensei que era você que ia ficar noivo da Doralice — confessou, envergonhada.
Ele riu e, embora um pouco humilhada pela sua confusão, ela adorou o som daquela risada familiar e gostosa. Deus! Como ela amava aquele homem!
— A Doralice é minha prima! — ele falou como se fosse algo muito óbvio, o que para Marta não era.
— Eu não conhecia essa sua prima e... eu fiz confusão. Ela falou que ia se casar com um futuro oficial e eu pensei que fosse você — concluiu, afoita, quase sem respirar.
— Nelson é meu colega de farda — explicou, tomado de empatia. — Entendi. E... isso te chateou?
— Você, noivo?
Ele confirmou com um gesto de mão e expressão fisionômica que indicavam que era evidente.
— Chateada? Eu? Imagina. Eu não tinha o direito de...
— Marta — alertou em tom de voz grave. — A verdade.
— Chateada? Fiquei puta, tá? Logo agora que eu...
— Que você...
Ele não estava facilitando.
— Eu... Eu trouxe presentes. Mas deixei mais cedo aí.
— Eu sei. A gente achou que você talvez não voltasse, então abrimos, de curiosidade. Meu pai e minha mãe adoraram os deles.
— Ah... E você?
— Também gostei do meu.
— E o envelope?
— Abri. Gostei mais ainda. Isso significa que você veio para ficar?
— Vim, vim sim — respondeu com a voz embargada de emoção.
— Pra ficar comigo? — interrogou ele, tomando as mãos dela nas suas.
— É. Se você ainda me quiser... — confessou em meio a um soluço.
— Não chore, meu amor.
— Eu ainda sou seu amor?
Ela estava carente e precisava de muitas confirmações de afeto e invejava a serenidade com que ele falava com ela, como

se já esperasse que tudo fosse se desenrolar daquela forma. Mas ele não poderia saber. Poderia? Intuição? Fé? Fé no amor?

— Ah, é sim. Você não entendeu, não é? Nós fomos destinados a ficar juntos. Eu já sabia disso há muito tempo. Acho que desde que te conheci, aqui, neste mesmo lugar. — Apontou com um meneio de cabeça para a roseira. — Lembra? Lembra quando você caiu em cima das rosas da mamãe?

— Mas eu te fiz sofrer tanto... — lamentou sinceramente. — Eu fui tão boba, tão medrosa...

— Acho que foi você que sofreu mais. E o que seria de uma história de amor verdadeiro sem um pouco de "sofrência"? Não é esse o tema mais comum nas canções românticas sertanejas?

Ele parecia confiante e pleno. E Marta se confortava cada vez mais com suas palavras.

— Eu fiz as pazes com o meu passado e agora posso ter um futuro.

— Isso é música para os meus ouvidos, garota.

Ele soltou as mãos da moça para tocar no rosto dela, segurando sua face com ambas as mãos em suas laterais. Acarinhando a região com seus dedos, puxou seu rosto para perto de si, atraindo-a para um beijo.

Marta suspirou e se entregou. Saudade, desejo acumulado, tudo transbordava no prazer de estar novamente nos braços de seu amado. O ato se repetiu muitas vezes. Quando temporariamente saciados, olharam um para o outro, felizes e sorridentes.

— Eu também tenho um presente para você — anunciou o rapaz, tirando um pequeno estojo de veludo preto do bolso.

Marta ficou de queixo caído e levou a mão à boca para conter um gritinho de surpresa. Era o que ela estava pensando?

Ele segurou a caixinha à sua frente e a abriu. Era de fato um par de alianças de noivado.

— Você acredita que comprei isso faz meses? Eu já teria te dado há muito tempo se você não...

— Sim! Sim! Sim! — Ela não queria que ficasse nenhuma dúvida.

Dessa vez suas respostas seriam apenas afirmativas, sem hesitações.

— Mas eu não pedi ainda.

— Tá. Pede — concordou, controlando sua euforia.

— Marta, quer se casar comigo? — propôs em tom solene.

— Essa é a segunda vez que você me pede isso.
— Não, é a primeira. Quis pedir muitas vezes, mas...
— Não, eu me lembro. Na primeira vez, a gente ainda era criança.
— E você me disse não.
— É, você lembra.
— Na verdade, não cheguei a pedir, só joguei uma ideia. E você foi categórica em seu não. Disse que nunca ia se casar e que a gente era amigo. Ponto.
— Eu era uma criança muito boba. A gente tá usando muito essa palavra, né? "Boba?" É uma palavra que crianças usam muito...
— E agora?
— Agora?
— A sua resposta agora?
— Agora eu digo sim! Sim, sim. Eu aceito! Eu quero, muito, muito, muito. Eu te amo!
— Também te amo, querida!

Colocaram as alianças e exprimiram seus sentimentos mais uma vez através de um beijo apaixonado.

Quando seus lábios se desprenderam após longos afagos, ele abaixou a cabeça e encostou a testa na dela.

— Vamos falar pra geral? — propôs ele.
— Agora? — Ela não se sentia preparada para um anúncio público.
— É. Nós somos invejosos — falou, brincando. — Eles noivaram. Vamos roubar a cena. Também noivamos. Além disso, a gente namora há muito mais tempo.

Marta não queria mais dificultar nada. Seria *sim* para tudo naquele momento.

— Eu topo!

De mãos dadas, seguiram para a sala, onde se comia e bebia e os noivos tiravam fotos. Foi a vez de Benjamin pedir atenção.

— Pessoal! Pessoal! Tenho algo a dizer. Nelson, Doralice, peço desculpas, a gente não queria roubar a cena nem nada. Parabéns para vocês! Felicidades! Fico muito feliz mesmo pelos dois. Mas Marta e eu — falou, levantando a mão dela com a aliança e a sua própria — também ficamos noivos!

— Mentira! — exclamou Nelson. — Benjamin Franklin, seu filho da mãe!

— Não me culpe por roubar a cena, mas o amor está no ar!

Novos aplausos, urras e cumprimentos. Muitos abraços e parabéns.

Em meio a tudo isso, Doralice, ao lado de dona Elza, precisou comentar:

— Noivos? Marta eu sabia que era amiga dele. Mas... Nem sabia que namoravam. Desde quando?

Dona Elza suspirou e buscou a resposta reflexivamente.

— Minha querida, acho que desde sempre.

───────────── ♪ ─────────────

Já passava das três da manhã, quando Benjamin viu que era hora de levar Marta de volta à casa da irmã. Muitos parentes já haviam ido embora, outros dormiriam por lá, porém, de maneira geral, o clima era de cansaço de fim de festa. A maioria já procurava ir se deitar. Saíram juntos, enlevados e tomados pelo torpor do avançado da hora.

Diante do portão da casa da irmã, Marta olhou mais uma vez para a aliança em seu dedo e sorriu para o homem que seria seu marido.

Marido. Casamento. Família. Conceitos antes deturpados e carregados de negatividade e aviltamento, agora brilhavam para ela tanto quanto o ouro de seu anel, com a promessa de um futuro de luz e aconchego.

Um beijo de despedida e então, ela se lembrou.

— Ben, e a música?

— Que música? — A falta de contexto o desnorteou.

— A nossa. Aquela, a que você disse que era a nossa música sertaneja romântica, a que eu passei meses tentando adivinhar! Ou a vida inteira... Sei lá!

— Ah — soltou a exclamação de reconhecimento. — Tá. Acho que agora você merece a resposta.

— Antes não?

— Na-ã. — Fez jocosamente, ao que ela reagiu com um beicinho. —Tá. A música é "Amigo Apaixonado".

— "Amigo Apaixonado"?

— É.

— Não lembro qual é.

— Ah, para! A gente ouviu e cantou muito essa música.

— Sério?

— Poxa! Você tem que se lembrar.

— Desculpa...

— Depois de tudo, você tem de saber qual é...
— Canta aí um pedacinho.
— Você vai me fazer ter que cantar?
— É Natal. Por que não?
Ele sorriu, brincalhão. É claro que cantaria para ela.
— *Pensando bem, eu gosto mesmo de você...*
— Canta o refrão que eu lembro mais rápido.
Ben sorveu uma lufada de ar, visivelmente frustrado por ter sido interrompido.
— Tá, vamos lá... *Sempre fui um grande amigo seu/ Só que não sei mais se assim vai ser/ Sempre te contei segredos meus/ Estou apaixonado por você...*
A última sílaba foi silenciada por um beijo arrebatador, repleto da paixão que os versos da canção inspiraram na moça.
Desgrudaram-se com dificuldade.
— Eu me lembrei da música pelo nome. Só quis aporrinhar você um pouquinho e fazer você cantar... — confessou num sorriso.
— Sua malandrinha...
— Então, se essa é a nossa música, isso quer dizer que você sempre foi apaixonado por mim? Desde quando éramos só amigos?
— Sempre — respondeu com voz rouca, sem hesitação.
— Quando era meu amigo, era um amigo apaixonado?
— Era.
— Desculpe eu ter sido uma amiga apaixonada, mas cega.
— Isso é passado. Agora precisamos pensar no futuro.
— Com certeza. Minha família aqui quer conhecer você melhor. Vem almoçar?
— Claro!
— Tem um show de música sertaneja mês que vem no Rio. Vamos?
— Imperdível.
Ela sorriu.
— É melhor você entrar logo, senão não vou conseguir sair dessa calçada até o amanhecer.
— Tá bom. Até logo, amor!
E ela entrou.

Epílogo
Amigo Apaixonado[22]

Sempre fui um grande amigo seu
Só que não sei mais se assim vai ser
Sempre te contei segredos meus
Estou apaixonado por você

A noiva entrou na igreja ao som de violinos, que reproduziam "Amigo Apaixonado" instrumental. Marta estava radiante, de braço dado a seu irmão mais velho, Rodrigo, que a conduziu.

Seu vestido era de alças finas e prateadas, vaporoso, esvoaçante, mas não armado. Um coque bem arranjado tinha alguns fios soltos em forma de cachos que completavam o penteado, coroado por uma tiara prateada que sustentava o véu branco, rendado, que ia até os ombros da noiva. Ao pescoço, uma gargantilha que combinava com os brincos pingentes e a tiara. A maquiagem realçava a beleza da moça, que estava resplandecente.

À frente, as duas daminhas, vestindo cor-de-rosa, eram suas sobrinhas, filhas de Rodrigo: Tamara, de oito anos e Tainara, de seis.

Benjamin a esperava no altar, com sua farda de gala. A guarda de honra presente, composta por outros oficiais convidados para o casamento escoltou a noiva, desde a entrada da igreja até o altar, em duas colunas.

---

[22] VICTOR & LEO (compositor: Victor Chaves) "Amigo Apaixonado". In: **Ao vivo em Uberlândia.** Sony BMG Brasil, 2007. CD.

Tudo estava lindo e perfeito: os uniformes da guarda de honra e do noivo conferiam à cerimônia uma formalidade distinta e a atmosfera de um casamento de princesa. As flores ornamentais que enfeitavam toda a igreja deixavam o ambiente perfumado e os ânimos exaltados de júbilo.

Todos os parentes e amigos de Benjamin estavam lá, bem como os irmãos de Marta, sua tia Edith e duas de suas recentes amigas da nova faculdade. Alegria pairava no ar. Realizava-se ali a união de dois seres que se amavam profundamente.

Ben recebeu a noiva no altar com um sorriso de plenitude. Ele sabia. Ele sempre soube. Seriam felizes. Teriam problemas, brigariam, discutiriam, mas sempre acabariam nos braços um do outro. Ele sabia disso, porque antes de tudo, eles eram amigos, os melhores.

No final da cerimônia, os militares se colocaram à porta da igreja e, quando os noivos saíram, o oficial entre eles de maior patente comandou a formação para o Teto de Aço, momento em que uns se viraram para os outros, em coluna por dois, e cruzaram suas espadas; aguardando que os noivos passassem por baixo.

A festa que se seguiu foi grandiosa. Ben não poupou esforços nem dinheiro no que ele considerava um marco em sua vida. Houve pompa e circunstância, comida de primeira e, claro, muita música sertaneja, com direito a um grupo contratado para performance de dança country, que também ensinava os passos aos convidados. E ainda, o luxo da presença de uma dupla sertaneja relativamente famosa fazendo seu show.

Enquanto dançavam, Marta quis fazer um pedido e dar uma notícia ao marido.

— Meu amor, preciso te dizer duas coisas.
— Fala.
— A primeira é um pedido, a segunda é uma novidade.
— Novidade primeiro — pediu ele, animado.
— Não, o pedido.
— Tá bom.
— Eu sinto falta de um pouco de espiritualidade em minha vida. Eu tive contato com um tipo de vivência muito profunda no tempo em que vivi com a tia Edith. Sinto falta disso...
— Tá, mas...

— Eu andei pesquisando lá pelo bairro... Como a casa que compramos é no mesmo bairro de seus pais e... Então, sua mãe e suas vizinhas me falaram de um lugar...
— É claro que minha mãe tinha de ter alguma coisa a ver com isso — comentou, brincalhão.
— Tem um lugar... Elas me falaram de um senhor chamado Noberto Parreira[iii]... Ele fazia reuniões em seu terraço, mas agora ele tem um local próprio. É bem pertinho de casa e eu gostaria de ir a uma dessas reuniões.
—Tá bom. Você e minha mãe podem ir...
— Eu gostaria que *você* fosse comigo. Nós dois juntos, como um casal.
—Tá bom — concordou. O que ele não faria por ela? — Nós vamos. É só isso?
— Obrigada! A outra coisa é... A novidade é que vamos ter uma família em breve.
Ben arregalou os olhos e deixou o queixo cair de estupefação. Embora desconfiasse da tal "novidade" e até desejasse que fosse mesmo o que esperava, a confirmação ainda o tomou de surpresa.
— É o que estou pensando, amor?
— É. Eu tô grávida. Você vai ser papai.
Então, ele a suspendeu e rodopiou. As fotos tiradas pelos fotógrafos em seguida registrariam um quê a mais de felicidade. Felicidade em dobro. Completitude.

www.lereditorial.com

@lereditorial

Notas finais:

---

[i] O Sensei Dilson Moraes existe e realmente dava aulas de Karatê na Vila Olímpica de Mesquita nessa época. A referência é uma homenagem da autora, que foi sua pupila.

[ii] Leandro Rodrigues também foi professor da autora. É, mais uma vez, uma forma de homenagem da autora ao mestre.

[iii] Noberto Parreira foi fundador e dirigente do Grupo Espírita Leopoldo Machado, o GELM, que se iniciou no terraço da residência de Seu Noberto, como o médium era conhecido, em 23 de fevereiro de 1994. Hoje o GELM está situado à Rua Vereador Carlos Carvalho, n°199, Vila Emil, Mesquita – RJ. Trata-se de mais uma homenagem da autora, dessa vez, a um mestre espiritual.